周伟驰诗选

常春藤诗丛

北京大学卷

西渡 臧棣 主编

周伟驰 著

陕西新华出版传媒集团

太白文艺出版社

图书在版编目（CIP）数据

周伟驰诗选 / 周伟驰著. -- 西安：太白文艺出版社，2019.1

（常春藤诗丛. 北京大学卷）

ISBN 978-7-5513-1664-4

Ⅰ．①周… Ⅱ．①周… Ⅲ．①诗集－中国－当代 Ⅳ．① I227

中国版本图书馆 CIP 数据核字（2019）第 024688 号

周 伟 驰 诗 选

ZHOU WEICHI SHIXUAN

作　者	周伟驰
责任编辑	张笛
封面设计	不绿不蓝 杨西霞
版式设计	刘戈
出版发行	陕西新华出版传媒集团
	太 白 文 艺 出 版 社
经　销	新华书店
印　刷	北京彩虹伟业印刷有限公司
开　本	787 毫米 ×1092 毫米 1/32
字　数	84 千
印　张	7.75
版　次	2019 年 1 月第 1 版
印　次	2019 年 1 月第 1 次印刷
书　号	978-7-5513-1664-4
定　价	45.00 元

联系电话：029-81206800

出版社地址：西安市曲江新区登高路 1388 号（邮编：710061）

营销中心电话：029-87277748　029-87217872

一座校园的创诗纪
——《常春藤诗丛·北京大学卷》序言

北大是新诗的母校。1918 年 1 月《新青年》4 卷 1 号发表胡适、沈尹默、刘半农白话诗 9 首，成为新诗的发端。其时，三位作者都是北大教授。从此，北大就与新诗结下了不解之缘。2018 年是新诗百年，北京大学出版社出版了洪子诚先生主编的《阳光打在地上——北大当代诗选 1978—2018》，收诗人 45 家、诗 389 首；四川文艺出版社出版了臧棣、西渡主编的《北大百年新诗》，收北大诗人 107 家、诗 344 首。两本诗选的问世，让更多的读者注意到北大诗歌的深厚底蕴和巨大成就。即使不做深入的研究，单从两本诗选也不难看出北大诗歌在中国新诗史上独特而重要的存在。实际上，从初期白话诗到新月派、现代派、中国新诗派，一直到新时期，北大诗人或引领风气，或砥柱中流，几占新诗坛半壁江山。中国的重要高校都曾为诗坛输送过重要诗人，某些高校在某一阶段连续为诗坛输送重要诗人的情况也非孤例，但在长达百年的历史中一直不间断地为诗坛输送重量级的诗人，把自己的名字和新诗历史牢固地焊接在一起的情况，除了北大，还难以找到第二所。

北大的特征向来总是和青春、锐气、自由精神联系在一起。鲁迅曾谓"北大是常为新的，改进的运动的先锋"。然而，北大是"发于前清"的，它的那个前身其实是充满暮气和官气的。从京师大学堂到北大是一次脱胎换骨。这一次的换骨，蔡校长自然厥功甚伟，但在我看来，胡适诸教授创立新诗也功不可没。《北大百年新诗》，我开始是提议叫"创诗纪"的。这个名字也只有这所学校的"诗选"用得。从那以后，胡先生"创诗"的那种勇气、担当和"为新"的精神，在出于那所校园的人们中是常常可见的，也是弥漫在那个看似古老的校园中的一种空气。因为是空气，所以常常会浸润师生的身心，而影响他们的一生。

新时期以来，北大诗歌在队伍和成就上毫不输于此前的任何时期。这个时期北大诗人不仅人数远超前期，在诗歌的题材、内容、意识、技艺上也有重大变化，使新诗得到一次再造。也可以说，新诗在这所校园再次经历了一个"创诗"的过程。骆一禾、海子、西川是这一时期最早得到外界承认的北大诗人。3位诗人的创作有力地改变了新诗70年来的固有面貌，特别是骆一禾、海子的长诗写作所体现的才华、抱负、热情，均为此前所未有，他们富于音乐性的抒情方式增进了人们对现代汉语歌唱性的认识。比骆一禾、海子、西川稍晚开始写作，但同样在20世纪80年代初就写出成名之作的是臧棣。臧棣对诗歌之专注、思考之深入、创作之丰富，在当代诗坛罕有其匹。臧棣擅于以小见大，他以大诗人的才能专注于写短诗，使短诗拥有长诗的气象。戈麦是另一位才华特具的诗人，他以一种分析、浓缩、激情内蕴的抒情方式改变了当代抒情诗的面貌，成为20世纪80年代末90年代初特殊转型时期的代表诗人。这一时期，北大还涌现了清平、麦芒、哑石、西渡、雷格、杨铁军、冷霜、胡续冬、周伟驰、周瓒、雷武铃、席亚兵、王敖、马雁、姜涛、余旸、王璞、徐钺、王东东、范雪、李琬等上百位活跃诗坛的新诗作者，北大诗歌真正进入一个百花齐放的时代。从这些诗人变革新诗的努力中，不难看到胡适教授的精神隐现其中。正是因为有这种精神，新诗并未如一些不怀好意的预言家所预言的"五十年后灰飞烟灭"了，而是在变革中不断生长着，壮大着。这个时期，新诗成了北大校园最醒目的风景，诗人气质也成了北大学子身上突出的标志之一。新诗和北大的关系变得更为紧密。

无须赘述，这个时期的北大诗人与校园外的当代诗歌始终有密切的联系和互动，是整个当代诗歌不可分割的组成部分。同时，北大诗人又没有盲目跟随外界的潮流，体现了一种宝贵的独立品质。这种独立品质最重要的一个体现就是其严肃性。对于北大诗人来讲，诗从来不是一种功利的、沽名钓誉的工具。这种严肃性也使得北大诗人内部同样保持了个性和诗艺的独立。北大尽管诗人辈出，队伍庞大，却未利用这一优势拉山头、搞团伙，以在利益分配上获取额外好处。北大诗人再多，却并没有北大派。实际上，北大诗人一直是诗坛的一股清流，是维护诗坛健康、推动诗歌健康发展的耿介而朴直的一股力量。而这一品质的源头仍可以追溯到胡适初创新诗之时为新诗所确立的崇高文化使命。

本诗丛选入 20 世纪 80 年代以来 8 位北大诗人的诗选，他们是：骆一禾、海子、清平、臧棣、戈麦、西渡、周瓒、周伟驰。为了展示每个诗人的整体成就，我们特邀请诗人精选自己各个时期的代表作品，将诗人几十年创作的精华浓缩于一册。这样的编选方法，也是为了方便读者在有限的篇幅内欣赏到更多优秀的诗作。骆一禾、海子、戈麦 3 位诗人英年早逝，我们特邀请诗人陈东东担任《骆一禾诗选》的编者，西渡担任《海子诗选》《戈麦诗选》的编者。陈东东是骆一禾的生前好友，也是成就卓著的诗人、诗歌批评家，可谓编选《骆一禾诗选》的不二人选。西渡熟悉海子、戈麦的创作情况，也是编选《海子诗选》《戈麦诗选》的合适人选。

需要特别说明的是，新时期以来北大诗人众多，八人之选实在无法容纳。现在的这个名单虽然是几经权衡确定的，但并不代表其他的诗人在才华和成就上就有所逊色。实际上，一些诗人由于已有类似本诗丛编选体例的选本问世，故此次不再重复收录。另外，我们也希望日后可以为其他北大诗人提供出版机会，进一步展示新时期北大诗人、北大诗歌的实绩。

编者

2018 年 10 月

目录

3

5

望星空的人

可是在人生的路途上，
又有多少机缘，
向星空瞭望！
——郭小川《望星空》

总有一些望星空的人，跳脱于自己的时代。
站在月亮的表面，看到了地球的可爱，
站在银河系的表面，看到了太阳系的微不足道，
站在宇宙盘子的表面，看到了银河系的看不到。
他们忘了火箭在肩，一时引而不发，
也忘了敌人弓箭在手，一时心慈手软，
在他们沉思的那一阵子，四海之内皆兄弟也。

他们想到自己漫长的光阴，只是相当于
在一个明媚的早晨，向秋蝉投过去的短短一瞥。

而致死的地震、海啸、森林大火，不过是一群蚂蚁
遇到的雨滴、风吹、兽爪，
以及巨大的树叶旋转从天而降。
他们想到他们视为世界中心的小镇和祖国
还不如撒哈拉沙漠中的一粒沙，
而他们骄傲的悠久历史，不过是一粒沙的飞行史
短短的一句，他们的组织和个人
连一个字母都算不上。

他们想到人生如风吹枣花纷纷坠下，有的降到王宫，有
　　的降到厕所，
有的降到某一种语言，有的降到某一个部落
和某一个宗教，就把自己的神奉为全部的真理，
把自己的鸟语花香称为最美丽的语言，最美丽的花朵。
他们想到小镇上悠闲散步的邻居被他们自己的伦理感动
　　得热泪盈眶，
以为那是天体在运行，何等完美。

那些夜半望星空的人，从古到今都有心事。
他们或者在印度河，或者在尼罗河，或者在中美洲雨林
　　凤毛麟角，

发明了宗教、哲学和占星术。

他们用木杆、矩尺、绳子和石头推算太阳的足迹，

在宫殿旁边立起了日晷。

他们顺手发明了现代天文学、现代哲学和现代奥德赛，

顺手磨出了哈勃望远镜和韦布望远镜，

他们用几乎等于线粒体的肉眼看到了宇宙身体内部的膨胀，

看到了一连串的数学公式和物理公式。

暗物质更多了，

黑洞更多了，

引力更多了，

他们的心事更重了。

那些凌晨守在阳台上或天文台上仰望星空的人，

不得不在天亮后回到粗糙的地面，回到菜市场和宫廷斗争。

他们在青菜叶和人的欲望中发现了比宏观力学更复杂的

  量子力学，

他们一时找不到感觉，一时太有感觉，

总是测不准。

他们迷惑不已，纷纷失足跌进阴沟和井里，遭到女士们嘲笑。

（虽然他们如果狠下心不务正业，

也可以投机期货成功得到粉丝含情脉脉的仰慕。）

那些望星空的人歪着童年的脖子一直歪到老成天文学家，

也答不出为什么会有一个扁平的宇宙，

为什么最后还出现了人类和天文学家。

他们支支吾吾抬出了古老的星座、神话、一神论和多神论，

还有机械宇宙论和宇宙目的论，

但是解答不了他们的孙子爬在膝上时的提问。

在力学宇宙、物理学宇宙和化学宇宙之后，为什么出现
　　了生命宇宙？

他们很窘很羞涩，把问题推给神学家和本体论，

后者把问题推给诗人，

诗人展开天使的翅膀飞到月球上瞭望，飞到银河系瞭望，

对我们报告说他很激动，非常非常激动，

宇宙是一个梦，生命是一个梦，大家在梦里要做好梦，
　　不要做坏梦。

　　谨以此诗纪念诗人郭小川（1919—1976）诞辰90周年

2008年9月8日—10日（欧洲强子对撞机启动日），北京

博喻课

一个寻找比喻的人，他的生活是一个隐喻。
他摘了明喻摘暗喻，在路上遇到象喻。

一个被比喻寻找的人，得到了很多借喻，
他借用别人的比喻时，被别人转喻。

一个人喜欢花花喻，就摆脱不了草草喻，
他骑马时为春风所喻，开装甲车时被炮声隆隆所喻。

一个人用手指喻被指为其所喻（通吗？不通吗？）
另一个人看见的是能喻却非其所喻。

他用了很多别的比喻来比喻比喻，
无一例外，他发明了发现，发现了发明：世界就是比喻。

他在洞穴里找到了局部喻，

他在洞穴的镜面上找到了反面喻。

一个决定终生开垦比喻的人，

他更新了比喻，把比喻当成转基因作物。

一个大面积从空中撒播比喻的人，

这种行为称为博喻，这种人称为为喻而喻。

在喻中套喻的人则被称为为所喻为，

读他的诗要交替使用放大镜、望远镜和内窥镜。

把比喻弄得像哭泣的人，

是在虐待近取喻，讨好远取喻。

但是如果他令比喻欢笑不已，

他就是在放出很响的譬喻，令旁人不喻。

一个把一生献给比喻的人，

最终将获得一个比喻的欢心，站在他墓碑上，成为侍立喻。

一个把一生献给比喻的人，
最终将躺在墓碑后面，成为侧卧喻。

一个在火车上玩弄能喻和所喻以为它们无所喻的人，
最终要牺牲干巴巴喻，获得湿漉漉喻。

一个人造了一座迷死人的迷宫，中间放着一个芝麻喻。
另一个人反过来，把芝麻炒大，炒成超级芝麻喻。

一些人半夜入室，偷窃别人家里的喻，是为偷喻，
一些人蒙面，持枪洗劫大部头诗集，是为抢喻。

一些人吞吞吐吐，明明灭灭，这是略喻，常常变成虐驴。
一些人口水滔滔，自称大师，这是详喻，常常变成像驴。

一些人看不起简单喻，他们发明了隐略喻，说的是战略语。
一些人看不起多相喻，迷恋单相喻，迷恋一夫一妻制。

阿拉伯人除了正喻外，还有倒喻、反喻和侧喻，
而希腊人穿着线条简洁的长袍，腰板很硬，说着直喻。

中国圣人隐藏在一大堆山水喻里，
外国专家找来找去找不到无喻，只好说没有实物。

印度圣人隐藏在一大堆空无喻里，
外国专家找呀找呀找不到有所喻，只好说一切都有。

外国专家说专有名词，在专门餐厅用餐，在专家楼住，
住专用车，使用专业喻，像中国专家置身阿尔巴尼亚语。

反喻坐飞机从北京飞到加利福尼亚，就变成了正喻。
反过来，顺喻从巴黎坐飞机到了新德里，就变成了逆喻。

有些比喻一边走一边擦脚印，像传统意义上的抹布，
有些比喻一边走一边擦脚印，像现代意义上的吸尘器。

有些比喻喜欢停在空中，扇翅率达到80次每秒，一团烟雾。
有些则懒洋洋地趴在树叶上睡大觉，心脏介于一动和不动。

是的，本诗得以无限继续是因为使用了模糊喻，灰色喻，
面团喻，城乡接合部喻，混沌无相喻以及上帝喻。

不信你试试，会有很多喻从你指下流出，只要你穿上低腰裤。
如果你不试，会有很多喻从你指下流走，你最好穿上低腰裤。

如果你不信，你可以在风平浪静厅穿着西装跳肚皮舞。
如果你信了，你可以在波涛汹涌厅登上阿尔戈号去剪金羊毛。

是的，比喻本来可以使人笑，使人闹，使人高兴得要上吊，
但是，有的人把它们搞得阴森森来阴沉沉，满脸积雨云。

比喻，国之大事，有些国家要用二百年才推翻旧喻换新喻。
比喻，在幼儿园蹦蹦跳跳，在大学踉踉跄跄，令老师慌慌张张。

所以，同学们要记住: 只有解放了全比喻，诗人才能解放自己。
课后大家一定要勤加练习，无聊时造有聊喻，有聊时造无聊喻。

2008 年 9 月 8 日

9

我的星座

我出生那年，人类的脚踏上了月球表面，
后来，哈勃望远镜鼓凸，睁一只独眼
看见光红移，潮远去，宇宙如气球胀开。
古老的诗意淡出，科学的美丽淡入，
却难回答为何宇宙本可以无，却终究有，
为何我本可以没有，却终究存在。

我出生在冬天，人马座的某一天，
智者喀戎拈弓搭箭，正在把顽童们训练。
我的名字，无意中竟有人马飞奔，
像你在墙上的斑渍中见到了一张脸。
很久以后，当我拂去阴历和汉字的尘埃，
惊讶地发现，我与人马座的渊源很深。

我的左手，卧着一条深深的断掌纹，

它把激情和理智合二为一，正如马人。
我的指纹，个个是完美的椭圆形跑道，
拷贝了宇宙、银河和太阳系的运行。
我从落木萧萧下的平原起步，跑过一个
没有阴影的省份，在燕山脚缓缓停留。

当丘比特扬手，袖箭闪，我也就拉开弓
射向那美丽的仙女座，一抹云烟。
聚散的悲欢我尝了，他人的生活我过了，
我的心依旧单纯，如清澈的流水不留下刻痕。
如果你爱过并且有怜悯，
就请原谅我，不再提及命运和偶然。

我醉心于三门手艺：宗教、哲学、诗歌，
它们神奇而无用，正如酒让马人沉醉。
第一个，上帝如鲸鱼搁浅，解剖者出入其间；
第二个，黄昏后起飞，在不夜城迷了路；
第三个，近似于耳语，在人类毁灭之前
给他们提供虚假的安慰。

我不愿把一生消磨给阴森的走廊和等级，

也不靠对抗获得自由，因为我本来自由。
我是一个喜欢旷野、星空和大海的人，
像云朵没有祖国，马人没有主人。
我做着商羯罗和庄子的幻梦，
而我心爱的诗人，是马查多和陶渊明。

我的诗发自野兽的惊奇，止步于智慧。
我的语言，入魅的时候脱魅，像金币旋转。
它一面用海市蜃楼安慰苦涩的马眼睛，
一面又把它还原为水沫、尘埃和光线。
它从前发出蒙克的呼喊，
如今静水流深，水面星自坠，水下鱼自眠。

飞机下降时扑面来的灯火，是今天的星座。
光雾后古人指点过的马人，越走越远，
何其散漫。射电望远镜标出亮度，
却找不到传说的线索。新的星座名字客观：
不是矩尺，就是六分仪，还有罗盘。
哪如古代的虚构照耀，令我们的今生温暖。

2008 年 8 月 30 日—9 月 5 日

河　流

我常常想，生活中应该有一条河，在眼前漂着。

不一定要有船，从石碛上，可以看见水底的梳子草。

它不经心地蜷曲着，有时留下一个湖，像鱼在逃生时吐
　　出的一个器官。

可爱的河，你无须唱歌，只要在我眼前闪烁。

我走过北方的原野，一千里的树，一千里的麦地，但没有河。

幽暗的马眼睛，幽暗的驴眼睛，在大叶杨树下，在黄昏干燥星下。

抚摸着家畜的毛发我感到血在缓缓流动，带着浓度，几近干涩。

灰尘结成土，土结成砖，砖结成城市，而人的眼里没有波浪。

当我回到家乡，在春天，油菜花怒放，在小小溪旁，在
　　小小水塘旁。

当我再次看到你，涨着，淌着，摇着，呻吟着，曲着，挺着，张开着，

清澈的你，龌龊的你，淡蓝的你，油腻的你，可口的你，
恶臭的你，
闪着光，在那山崖的拐弯处，在那小土坡下，在那犁开
着的新鲜的沟垄旁。

当我从险峻的山腰，从胆怯的车窗里向下望，我看见你，
修长而柔软，
我看见你，我一层层回旋下山，直到几乎可把手伸向你，
拉着你和我一同归去。
远去了，但那建在小瀑布边的水磨仍在响着，远去了，
但水车仍在转着，
远去了，但在太阳的眼里，今天河边玩水的孩子和昔日
的我有何区别？

有福的人，在你童年的门前有一条小河，风里、雨里、
云朵下它自管自地流着。
春天鲷鱼拍打，秋天渔人撒网，夏天长腿的白鹤在水面上出神。
当你俯身流水幽深，打碎着自己的面庞，那是四面蜂拥
的光，使你心漾动不留痕。

可爱的河，性灵的河，不息地哗哗响着的河，我要感谢你，
　　有河水的地方才有生活。

　　　　　　　　　　　　　　　　　2002 年 3 月 15 日

滑冰者

一 （女声）

和你滑冰，我把时间忘了。
恐怕早已是暮色了吧。群鸟掠过
像我心中的欢乐。当我侧过身
我就会看见你，滑出我的视线
你的腿轻盈，你滑起来像鸟儿在飞
不留下痕迹。飞翔对于你是天生的。

我为何沾满了泪水？和你在一起
我总是那么善感，无缘无故湿润
弯下身，但你的话还是像冰刀那样
在我心中刻下了痕迹。我竭力装着不在意
可是我控制不了，因此我的步法乱了
总是要向前倾。这有些不雅，是不是？

是，那些音乐正好应和
是一首失恋人的哀歌吧。而我倒是幸福的
只是有时，不知该如何用力
我眼中看见那些情侣，但没有在意
我只有你。如果发生碰撞，你会不会
转过头来，向我投来惊鸿一瞥？

早知道这么悒郁而且美，我就不会来
我何必作践自己？可是我竟喜欢上了
从你眼中看到的我自己，令我吃惊，她是不是
太放肆？幸好暮色弥浓，三三两两的人们
回去了，我也就用不着害羞，站在雪松枝下
装着看风景。是啊，滑冰宛如写诗

不要显得太费力气。而爱也要举重若轻
在这点上，我是有些刻意。你在思忖什么？
你的声音远去，绕过了湖心岛，我依稀只看得到
你的背影，一身淡蓝衣。此刻的天际
星星大如斗，那么亮，这么低，以及树林的阴影
映在冰面上，令我有些眩晕，但我真的已不太在意。

二 （男声）

和你滑冰，是我在做的一个梦吧。

天色层层地暗了，拉着你的手，我感到了惬意。

若我弯腰、劈腿、俯下身来

从冰面上瞥见的你，就会和星光一样暧昧。

听着湖边的人声而又不知其意

看着你的面容而又觉得你的灵魂像陶罐里的水。

不，我只听到了剪刀在划开

一面旗。我对你的伤害使我自己流泪

内心花瓶破碎，图案破碎

从无明的星光深处传来声声叹息

若有诸神，就是诸神叹息。我何以能够做到像雪人

听着风声而不听出人类的感情？

我的冰刀闪亮，孤僻而任性，没有犹疑

只顺着节奏的优美。它的弧度

它的断续，它的缓与疾，宛如无端涌现的一首诗

令我怜爱而不用力。它将冻结在无名的暗夜

直到我里面的你用柔弱的语气

使它成为一汪春水，朵朵白云映现，层层波浪回忆。

何等的深深夜，鸟儿们寂静地拥抱在一起。

你离我越远，就越令我陶醉，只要你在我的视线之内。

一股暖流从眼睛传到肢体，又从肢体传到心田

一串串爆裂的小闪电。路灯发黄

底片曝光，在我关上铁门离去的一刹那

你突然抽泣成一树梨花。

世界上的尘埃碰撞，我爱的只有你。

夜已深了，我对自己的怨意渐消，还剩下一腔柔情。

冰面爆响，仿佛要破裂，但我知道它乐意

一对矛盾各奔东西，又绕回来

在投掷飞去来器的手里稳稳地合一。

我真的愿意此时此刻永恒，让身体像风一般轻盈。

三 （第三个人的声音）

我独自地滑着冰，忘掉了时间。
有谁向我指着北斗，说夜已夜到了夜深？
我越旋越低，转出陀螺的静止，和冰面垂直
幽暗得像自己的眼睛。我的眼角在问：
还有谁？那些情侣消散。现在，幽灵出来怨诉
怀念星空，想起活着时的光景。

我累了，但是有一股沉着的和平涌进了肢体
使我能够在黑暗中观看自己的美。
我为什么不能抱着我自己？它是空的，它是哑的
它向来得不到回音。我倒掉了它的爱憎
它就变得轻盈。现在，我弹拨着我的身体
若它成为负累，我就将它抛弃。

那些双双离去的情侣，伤害过我的眼睛。
何等的从前呵，我孤身一人但响着两个人的声音
而现在的我是寂静的，像一根针。
我穿过这布匹，我的空间乌有

我的尖锐刺出了锦绣。在冰上写出飞扬的"我"：
一个新鲜的词，卷着它自己。

我若如云一般轻，也是如夜里的云一般轻
它藏着雨。它不哭泣，不笑
自己的欢快自己知道。
我的头脑空明，我的双腿微侧，和冰面呈锐角
奇怪的是我有感觉而没有器官
奇怪的是我愉悦而不高兴。

我最终容纳了自己，又把它忘记，让它像
旗一般在风中吹。还有什么比这更舒服的事？
此刻，这湖上已无人声，这湖上已无幽灵
这城市已没有路灯。我在地球阴暗的一面
滑着，而地球是银河一滴水
银河是宇宙一块冰。

2000 年 6 月 22 日—10 月 11 日

对怀疑论者的三分法

大的怀疑论者怀疑自己
但不怀疑自己的怀疑

小的怀疑论者怀疑上帝
但不怀疑自己的肉体

中的怀疑论者什么都怀疑
他脑袋里装满了彼此对立的媒体

真的怀疑论者正要上吊
马上就怀疑起了上吊的理由

假的怀疑论者不上吊
也不怀疑不上吊的理由

半真半假的怀疑论者吊了个半死
然后又救活了自己

好的怀疑论者敬重有信仰的人
他希望他是自己

坏的怀疑论者攻击有信仰的人
他害怕他是自己

又好又坏的怀疑论者不理睬有信仰的人
他以为他不是自己

左的怀疑论者有怀疑而没有论
他生活得比猫还安静

右的怀疑论者有论而没有怀疑
他生活得像一只狐狸

不左不右的怀疑论者又怀疑又论
于是就变成了一只刺猬

贪吃的怀疑论者怀疑舌头上的美味
但对舌头他不加怀疑

好色的怀疑论者怀疑爱人的存在
但对快感他不加怀疑

既不贪吃又不好色的怀疑论者只好怀疑文字
并用文字写出他的怀疑

2000 年 5 月 20 日

信念的制造

《精品购物指南》制造出来的读者
在地铁摇摆，像麦浪。
手携《知识分子》第五期的知识分子
在外国思想里挺立，像一棵稗子。

"指南"头版，红歌星照耀着工体
宛如红太阳照耀着天安门广场。
三十年前向日葵们的后代
激动的脖子围绕着镁光灯旋转。

《井冈山战斗报》换成了网络和晚报
被饥渴的眼睛扫描。
文字传到心灵就变成了思想
供大脑咀嚼，把行为指导。

那个用进口手枪进行独立思考的知识分子

发现拉不开枪栓，对不准目标。

而他的邻居和老婆被打印成一篇社论

对他蝌蚪形的念头嗤之以鼻。

年轻人穿着范思哲、格瓦拉的头像招摇过市

被姑娘们热爱，被傻子们高价购买。

思想工厂昼夜不停地生产着另类

像价格不等的三文鱼罐头，供阶级们消费。

2000 年 6 月 8 日

话

这个夏天，话在我心里醒来，显得很轻快。

是淡淡云天，我看着他，感到了喜欢。

我说："我内心纯净，波澜不惊，也欢迎你的到来。"

他说："我的到来会将你打扰，还是让我待在屋里为妙。"

我不同意，我出门向外。像懒洋洋的杨絮脱离花苞，我
　把他携带。

走上新华大街，路经九三八站，大堆脖子伸长等待。

我的眼摄下玲珑的形象，不受我管教。

色和影，逆光与浮雕，在暗室冲洗、归类，引起不同的赞叹。

有的归诸心灵，激发怜悯和崇高。

有的则在身体里放肆，使血脉偾张，暗火燃烧。

我的器官悬垂，身体甚为惬意。何况气候宜人，我的脚步放慢。

他说："转过你的头，狗。你已起意。"

我说："这不能怪我，它们是风在吹，我总不能控制。"

他说："你本可以做印象画派，只是摄取一些格式。"

我说："这不可能。它们与生俱来，况且这在法律上算
　　不得犯罪。"

我以诗歌为借口，我为什么不能体验自我？关于这个话
　　题，我再熟悉不过。

我说："诗歌产生于情欲，宗教才讲究节制，你的要求
　　近乎无礼。"

他说："诗歌始于伤害，终止于明智。"

我用什么来反驳他？我用内心的纷纭和活力。我还说诗
　　歌的底子是机智。

他说："你是有很多机智。但那不是智慧，远离了完美。"

到了三岔口，车来车往，瞻前顾后，多么像一个人生其
　　半的但丁。

不过夹杂在一大片手提油菜和水鱼的下班族当中，岂不滑稽？

这样的生活曾为我所向往，所厌倦，像手套一样抛开。

就这样重上新华大街，笔挺的银杏一字排开，拉客的黑
　　车也颇为壮观。

三二二车站人声鼎沸，郊区人民的脸孔呈现，我心中的
　　蜂窝轰鸣。

"多么希望有一种生物芯片，能够和我此刻的脑电波相
　　连，记录下
我此刻的语气和情感，它们方生方死，转瞬即逝，快过
　　手敲键盘。
脆弱的，微妙的，谁能捕捉住它们，显示、调动、内存？"
他安慰我，说这些可以在回忆中得到部分的重现。
但愿如此，就像此刻无声滑过天空的飞机，令我想起童年所见。

碎纸片轻扬，美女们摇摆，熊一样粗壮的护花使者搂抱。
我的眼睛把景色玩弄，充满了嘲讽。我乐此不疲，像一
　　只堂吉诃德的黄蜂。
他对我说："你如此的恶毒，令我奇怪。岂不知道针刺
　　了别人，自己也要送命？"
我说："别人身上的我和我身上的别人，我怎能分得清？
当我猛地下沉时，扎到的不过是互文文本。"

利圆明酒家，发廊橱窗低悬，看见新阶级和艳装女子共进晚餐。

我说："凭什么有人过得沉着而欢乐，有人低着头，用
　　砂轮打磨自己的良心？"

他说："谁有良心？难道你不是外表圆融，内心尖锐？
好人出于谨慎，坏人由于天性，普天之下皆罪人。"

我说："我情愿你沉睡，一个梦都不做，保持匀称的呼吸。"

我说："别以为你给我带来了语调的欢乐，就可以将羞
　　耻心强加于我。"

他说："事实恰恰相反。每次你意识到自己犯了大错
都急忙外出度假，把我留下来承担后果，充当你的羊羔。
有时你还站在旁观的人群之中，眼神冷漠，你不知道
　　那时我有多伤心。"

我面带嘲讽："啊，这么说，是你在我里面背负十字架，
　　使我不至于死？"

不过我承认他说的真。这需要缘分。我的哑伴侣，担当
　　我的悲剧部分。

而一个斑驳的甲壳虫总要冒出头来，公然地租用我的面
　　孔，说出我没有的意思。

他令我困惑，也令我欢乐。我问他，这个人是不是他的分身？

他说："不，他叫无来由，是你在虚拟空间的变形。"

戴着小丑帽的他，朝我望了望，继续上台去表演。我也
 　就没有去理他。

我们到了西门市场，一路上看见遛街的大人、小孩、哈
 　巴狗、沙皮狗、北京狗。

过了十字路口，"物美"熙熙攘攘，"残的"摆出毛线
 　虫的长阵。

有他做伴，今天就不必以购物杀掉时光。啊，我的冬天，
 　我的春天

我常在这里招安了我的紧张。"文字在这里找到了大部
 　分的替代品，

从薯片到张惠妹，从《北京晚报》到老干妈辣椒酱，平
 　衡了我的蜗牛式生存。"

有他做伴，我脚步轻快，像棉花和弹簧，我决心一路向前。

暮色缓缓降落，可是如果你注意观察瞳孔，就可以看到
 　它是一阵一阵急骤地降落：

时间的快门在按。银杏树叶下，马路对面

"风菊书店"的脸，像一本流行的暧昧小说，在教唆心理越线。

少年郎玄衣紧身，口含冰激凌，美少女黄发垂肩，脚登
　　松糕鞋，怡然自得。

远远看到"银地"大厦，周身通明，像乡村道场，冥屋
　　里点着油灯。
接着向右拐，到了佟麟阁街，阳刚的银杏就变成了阴柔的洋槐
令我心更其愉快。"红旗"宾馆红旗招展，林肯密集，
　　福特密集。
打手机的先生出入，拎小包的太太出入，扭细腰的蝴蝶出入。
街上弥漫着肉食的香味，无中生有地唤起身体里的饿。

"我热爱我的身体，它理应占据更高的地位，难道我和你
不都是为它在服役？我们碌碌终日，难道不是为了它
　　的满足和享乐？
难道得到了声望的人，身体不是更加光亮？而权力的蛀虫
你看看他的皮肤吧，每一段都在伸缩着说：我感到很惬意。"
"身体平淡者有着淡淡的倦意，他忠于睡眠，他做梦没有羞愧。"

我以为触摸到了他的真实语气，但他侧过头，不以为意。
若我犹疑，叹息，就会显得局促，肺叶在空气中抽噎。

32

我就说了，"在我的漫漫一生，从未与你相遇
当我的盼望要落实，你却不认，未免不近人情。"
是在龙爪槐下，我说出这番话，它消逝于薄薄的空气。

他说："当你回归到我，你就没有话，就不再是你自己。
这说来容易，体会却殊为困难。如果强求，或可得一比：
当人鱼化作泡沫，当水仙花映照水面，她们就失去了自己。"
此时我们经过街道拐角，暮色愈浓，路灯排成飞碟悬空。
练燕子功的老太太们扑蝶，就在邓丽君搅起的熏风中。

我在其中看到了一个海伦的侧影，五十年后，她仍会存
　着往日风韵。
她的地中海面庞呈现，同时递上的还有芙蓉里酒红的心。
缠绵歌曲缠绕，我多么想，我多么要，而她刹那变缥缈
狂热夏天狂躁。他安慰我，给滚烫的额头加上凉冰——
他说："忍耐生爱，当泡沫充盈胸中，你就高蹈。"

寒意渐渐侵入，洋槐叶青翠，半轮明月高照，妖娆。
擦身而过娱乐城，公车私车斜摆，像《时尚》里的皮鞋
　光可鉴人。

33

红旗袍裹着小姐微笑。"我不知道风是在哪个方向吹"
它带来 KTV 包厢的环绕声，使脚板酥软如女招待的腰。
恍惚红杯映现婀娜身姿，牧神不待午后便已因慵倦而迷醉。

我的轻浮自我，分散逐风转，此已非常身，像乒乓球被
　　抛进水中。
而凝重随寒意加深，像一个亲爱的敌人，拌嘴接着亲吻。
"我因思念你而趋于严肃，我本来是一堆无用的热情，
　　在虚空里伤恸。"
"你过虑了，路上的这些偶像，是你手所造。
现在你要一一推倒，虚无后的澄明，这就是了。"

就在三岔路口，再次环顾，镁光灯折叠着影子，深与浅，
　　浓与淡，变幻。
此刻，他引我上一条稀疏的路，观看夜里的空与星。
此刻，草坡上第一次看见火车驶过，光线扭弯了声音。
此刻，风从南面吹来，飞机在飞，汽车在开。
此刻，他附着于我。陌上的一粒尘埃，正是我把他携带。

2000 年 4 月—6 月　通县

剪　枝

这年的春天来得迟了，一场懒洋洋的雨
像一个睡眼惺忪的女邮递员
在某个下午，递给你
累积了一个月的邮件，令你眼花缭乱
我们的房东太太很晚才从热带度冬回来
她敲响地下室的门，我只听见她
对我说："是否有闲，您？后院的
桃树开得疯了，得要剪剪。"
哦，那棵树，是正开得旺
从阴暗的地下室望出去
一片轻盈的粉白和红，愉悦我的眼睛
每天出门，我都要打它旁边过
弯两次腰：枝伸得长，也就压得低
但她的口气，是邀请，还是吩咐？
我把长剪拿在手里，穿过暗的厅，来到户外

是淡淡的晴天，风吹着半寒半暖

"勿忘我"已在鲜绿的草坪边缘

张开眼睛，有三两只小蜜蜂正在低飞

（那么灵动，你不可能抓到它们）

我站在桃树下，是在这个山坡上

踮起脚来，正好够到几根惹眼的长枝

我打量，山下整个城市在满缀的桃瓣间向我

呈现，云朵遮蔽，阳光照耀，显出明与暗

使我的心情跟着视野而蔓延、扩大

是啊，花枝间的空隙，搭起了一个舞台

不过，我得劳动，风拂过我的颈

像在催促。我看了看桃枝

密密的小结上都绽满了花，有的才张开了一半

银白和粉红，粉柱像钟舌

在说着一些我听不懂的话。这些花骨朵

像神话里长满了眼睛的手臂

在空旷的春日传神。我用双剪含住

食指大小的一支，双手用力

"嚓"——迟疑了一下，它像箭一样

斜穿过别的枝条（中间有过一次停顿）

落在草地上，伤口朝下，躺着了

而我的双手并没有感到吃力

第二次，拇指大的一根，我有些犹豫

它过于鲜嫩多汁，令我想到"阳春勿折枝"的古训

如果它是谁的手臂，被铁剪切割时

它是不是感到疼？它那淡紫色的

潮湿的膜，是不是它的血浆？

一棵树，比如这棵桃树，会不会像人那样喊叫？

或者它喊叫了，但我们听不到？

我动作迟缓，这时房东太太的声音

从楼上半开了的窗口传来："如果不方便，您可以

爬到树杈上去，不要紧的。"哦，她对她的树很了解

在一米六左右高的地方分出了一个大杈

中间正适于蹲和站，配上手的长度

足以剪除大部分不整的枝条

汁液溅涌，刀刃和铁锈很快

就被濡湿，像怨诉的象形文字

又像孩子的眼泪。汁液如此之多，如此清新

闻起来有一股生命的味道，让我的心中充满

奇妙的悔恨：也许我无权

做这样的事情？而这时，神迹一般

一朵黑云匆匆吹来，笼罩了我们的山坡

山上一片昏暗，洒下稀疏但粗大的雨滴

而在桃枝的空隙中，山下的城依旧在闪耀、发光

我打了一个冷战，收起了剪刀

回到地下室，决定洗手，将剪刀交还房东太太

我呆呆地站在窗前

望着那与我朝夕相处的桃树，如今

花枝委地，瘦削不堪

只剩下朝南的一蓬向着空气伸展

像一个被剪掉了一只翅膀的天使

满地狼藉的花与枝，正被阵雨抽打

玻璃窗关得紧紧的，但我分明嗅到了

伤口的气味，在潮湿的空气里历久弥浓

雨点般的敲门声，我听到房东太太探进半个头

说："雨快停啦，您才剪了一半。"

我没有作声，操剪在手

快步来到树下，雨滴落在我脸上

是的，她有她的理由：剪枝不过是例行公事

我又为何这样见怪？只不过

今年的时间有些晚了，桃枝长得格外的粗和繁

我又站在树杈上，但心中茫然

血液里古老的报应神和怜悯，用风在提醒我

刚才的那阵雨；而房东太太的双眼

一定在从楼上的窗口瞭望

山下，是敞开的桃枝空隙含着的整个城市

半明半暗，阳光强烈，乌云投下阴影

城尽处的黛色山脉和浅蓝色海湾

玻璃般平滑海面上的白帆

能不能告诉我，还要不要剪

2000 年 5 月　修改

还乡人

坐五小时长途，从沁凉到酷热
再到一场闪亮的雨，不断地
像放风筝的线，沥青路
把故乡捡回：一十三年

它飞得已经够远。由于长久的等待
这向上仰望的脸
比天空茫然。是的
当我孤独地回来，像一个英文单词

被打进一篇繁体字的小说
我感到时间扳机的力度
它让我在一瞬间，射入
记忆的卵子，然后叮当一声

被尖刻的镊子掷在痛苦的盘子上
当我孤独地回来，当我如秋蜂般采撷了
过多的恨与爱，看到公路边蓊蓊郁郁的
树瓣在张开，池塘在变幻

云朵远游的迹象，我感到
是艺术手把手地教会了
生活去嘲讽。微雨、凉风
肺腑打喷嚏不止，然后蚌壳般

在沙滩上无声挣扎。是的
"天国近了"：纯洁、坚硬如涧中卵石
如何由它孵出了
那柱石结构的地狱？鲫鱼群众

游向雾光笼罩的城，带回纸币和
失眠症，梦游中天堂被离开
亲爱的，当我孤独地返回
我的源头，就像世代居住在动物园里的鹿

面对猛虎的热带草原，像聋哑儿童
面对异途音乐，只想着
新世界里如蟹行走的欲望
和那新世界中的你，板上鱼一般翕动无助

又像弱智者面对二项方程式
脑中闪现条纹状的空白。长途中巴
穿过乡村小镇，赤裸上身者
正在路边施工，想当年

若非命运移民，我也是道地乡亲
拥有厚道式狡诈，汗光闪闪
思考粮食，传播三手四手消息
有悲哀、有喜、有乐、有恸哭之时

但罕有良知与欲望的混战
内心成废墟一片。公路两旁的
加拿大杨，青稻和竹林环绕的村庄
和偶尔闪过的公墓，都一般的

生机勃勃，卑贱、执着，像田中弯腰

插秧的农妇们，生育力近乎野蛮

亲爱的，当我孤独地抵达

家乡，我缩小、新生，重被一个农妇的子宫孕育

重被一个 XX 和一个 XY 合成

带着千万年前天堂的幽暗气息

青草和苜蓿的气息，用比章鱼更多的手

咂取宇宙，并成为它的一部分

并有明与暗，并有水与干地

并有上帝的风（它使我像羽毛

在渊面上飘）但今天是汽油和欲望的摇滚

伴我回来。不适的异物呵

在故乡被呕吐，正如在异乡

偶或有记忆像白内障一般

黏附在眼前，变现出海市蜃楼的

美景，长途汽车也好像

在向着仙境刺入。但我知道
亲爱的，当我从远方孤独地返回故乡
我还是会像两个圆的公切线
既与它们相交，又向着陌生的地方匆匆逃离

1995 年夏

蜃　景

蜃吐气而成景，乃有海市
还不够，要有冠盖、车马和屋宇
旧时仕女换作 0-lady
施黛粉，出入带天街的高楼

驼队亦变作了 auto 行驶于新高速
柏油路下陷，一泓海湾现
波斯军舰伴随中东乐
如银幕，矗立沙砾的前缘

秦始皇嚼仙丹，遣少年去往蓬莱
还要上林苑挖一池，砌三山
诺亚方舟泊岸，天空彩虹如穹顶
敬神者泪盈盈，屈身跪拜

唉，时代变，蜃景迁，再无神仙
摄像机无眼，光学家无脸
实验室居然把幻景重造：
气温转，光线折，自有上现和下现

牛顿棱镜将彩虹光分解
济慈哀叹，世界难得再可爱
蜃景中的数学公式，一串串
真能够把我的激动取代？

唉，我还是愿在飞翔时带上蜜蜂眼：
从一千个角度，把一物观看。
一只眼看实，一只眼看空，再一只看变
眼睁睁看幻影成像，心中爱竟那般实在

2008 年 6 月

洗　鱼

我洗一条买回来的鲫鱼

它被开膛破了肚

它的脑髓被挖走了

它的腮被挖走了

现在

它柔软的肠被掏空了

它鼓胀的鳔被掏空了

它的鱼子被掏空了

经过一番冲洗

留下一个美丽的空洞

把它放进盘子

竟然还能跳动

从案板跳到地板

一团痉挛的电流

用手把它捡起来

它张开嘴唇

〇，轻微的一声

马琳娜

一个鱼一般沉默的女人

多年前被一场爱情挖空

她再不会感到头疼

她再不会感到心痛

她的灵魂

是一个美丽的空洞

马琳娜

当陌生人的双手把她爱抚

她的身体如洗过的鱼扭动

像一声无言的

S，作为多年之前波涛的回声

2009 年 2 月 28 日

小山水

脚步对于道路有它们自己的回忆。
在我省悟之前，已循着旧路嗅到了蜕落的自己。
拐过一道小土坡，就迎来昔日的情境，
哪怕推土机正把一切埋平，而且没有了你。

我逐渐明了事物的空洞，世界淡淡的光晕收拢。
风吹过孔窍发出声音，也本不该留下疼痛。
我感谢这一壶天，它容纳了过客的悲欢，
就像上帝做过又忘了的一个梦。

2008 年 10 月 11 日—14 日

深　处

黑衣女子熄了火，拧开打击乐
车身震，在路边如心脏收缩
我走了很远，走到灯光黯淡
五个街区，仍不能摆脱被那首歌述说

这条路像煤层一样叠着我的过去
一步步，我能把编年史的纹路抚摸
昔日深埋，未料这首歌如引信
在瓦斯最浓的地方，追上了我

2008 年 8 月 4 日

湖　边

小孩子扔扁平石比力气
害水黾冲浪，鸟影忽缓忽疾
一连串笑窝发动渐消隐
坐湖边的俏男女谈得正眉色飞

那池子坐落在废园的北偏西
那时刻则不好说，看是谁回忆
反正宇宙偏僻的某处花开了落
一时的光照得另一时悲或喜

2008 年 12 月 17 日

51

蚁　山

跑步者拐入荒野时，有细枯枝坠落。
半人高的蚁山上，搬运蚁正衔了微木。
鹰，一动不动，顺着风的纹路滑翔，
正当流浪狗低下头舔自己的跛足。

蜂巢暴露了，蜂腿弯抖落金色的粉末。
沿蜿蜒的山脚，一条溪水留下了河床。
多年前你细小的胳膊曾挥动，
指给我今天看不见的微景和远象。

2008 年 10 月 25 日

52

旧　地

沿一条灰色路走进珍藏的黑白片
戏已散，一帧帧分镜头便成了永远
窗边低声的啜泣唤起了怜爱
想应答，只是情节已回不去从前

防盗门如今遮护着他人的生活
过路人，踮起脚在楼梯上感受落寞
你的眼泪终于被岁月酿成了醇酒
令我踉跄，令我的血管里流着火

2009 年 3 月 2 日—21 日

53

旅途诗

火车上的旅途想起来十分沉闷
如果不是有诗歌一首

哦，它的腰肢柔软，它说话的声音
接近于戴耳环少女

在词和词的推敲声中
我忘记了人间的待遇

它们带给我的温暖
已伴随我二十六年

当我在句子的轨道中行驶
看风景透过词眼的窗户

我感到古人说的没错

散文适合于散步

而诗歌是一瓶烈酒

一个被酒神附体的人

无论闭着眼还是睁着眼

看到的都不会是田野和云朵

世界像酒窖一样

一路敞开了它那神奇的荒谬

2008 年 10 月 25 日

渤海游

从烟台坐快艇到大连
要三个半小时
从大连坐海轮到烟台
要六个小时

我不认识大连什么人
也不认识烟台什么人
我来烟台出差
坐船出海
纯粹为了体会

坐上快艇是在下午
我以为可以看到海
结果窗户是模糊的
坐在窗边的乘客

拉下了窗帘
显然
大海令他们厌倦

我坐了两个半小时
平安无事
坐快艇这么舒服呀
这时我闻到了
越来越刺鼻的大蒜味
我站了起来
想劝阻吃大蒜的人
船晃得厉害
撞痛了我的胸
我没有找到吃大蒜的人
我跑到食品部
问是不是在卖大蒜
卖方便面的伙计说
你是饿了
吃包方便面就好了
我坐下

慢慢地要呕吐

我取下垃圾袋

呕出了差不多满满一袋

我捧着袋子

热乎乎、软绵绵、颤悠悠

像刚呕出了我的心肝

我就是那个吃大蒜的人

我想把那个狗日的伙计的头

砸成易拉罐

在大连一家宾馆

高高的十六层

我还是没有看到海

拉开窗帘望去

是对面站在窗口望大海的男人

我坐车到旅顺

在炮台上顺着大炮望向大海

海面平静

清朝的海军和俄国的海军

终于灰飞烟灭

巨轮"棒槌岛号"

看上去像一个泰坦尼克

一个房间六个人

像大学生宿舍

晚上十一点

从窗口望出去

码头白炽，大海黑黝黝的

我很快睡着了

半夜醒来

从上铺向窗口俯视

看见船舷的光照着海浪

这和坐火车的人

半夜看见的没什么不同

除了有海浪声催眠

并且比火车平稳

我吞了几口口水

又翻身入睡

没有梦见海水

凌晨不到五点

船到烟台

乘务员敲门把大家叫醒

结束了我的渤海之旅

我在海上什么也没有看到

但是满足了身体对航海的渴望

体会确实纯粹

2008 年 8 月 25 日

一棵树本身

胡塞尔以为
当他距离一棵树半米
站在那儿一动不动地看半天
他是在回到一棵树本身
他看到了暗黑的树皮及其褶皱
他看到了三片叶子掉下来
还顺便看到了阳光逐渐变弱
以及几滴稀稀拉拉的雨点
可是如果他站在那儿一动不动
他还是没有看到树本身

毕加索
走到胡塞尔旁边
他拿出画笔
他画出了树皮及其褶皱

接着他垂下眼光

画出了树根

接着他抬起头

画出了叶子、天空和一只鸽子

毕加索回到一棵树本身了吗？

树不说话

树枝一动不动

毕加索摇了摇头

他走到树的侧面和后面

他在原来的画面上

画上了侧面和后面

以及三个眼睛

一个鼻子

那还是一棵树吗？

看起来像三棵树挤在了一棵树上

达利

刚被达达酒馆踢出来

被超现实打昏了头

他夺走毕加索的画笔

来到树的对面

他画了一截树干

上面站着一个胡塞尔

他画了一截树枝

下面吊着一个毕加索

他画了一截树根巴洛克的圆柱空间

其间一条蛇蜿蜓起伏地纠缠

蛇身上戴着一只打折的劳力士手表

达利说

达，达，达

这就是一棵树

回到实事本身

2008 年 10 月 15 日

坐飞机从咸阳到燕都

坐飞机从咸阳起飞
在窗边读一部战国史
此时秦军正步行，在潼关以内
苏秦和张仪，骑牛车求职
百里奚的背影远去
宫殿里？小王子还在膝下嬉戏
到了韩，韩非子对祖国的袒护
引起未来皇帝的猜疑
到了赵，长平之战正在进行
流血和流人血的，不久都将
荒草萋萋。老将军流下
漫长的眼泪，像日趋枯竭的
河水。现在，到了燕
它差点毁于齐，但很快要刺秦
易水闪着匕首的寒光

中山国的铜鼎，业已深埋

版图纵横如棋盘，只有

河水啊，没有祖国

鸟儿啊，没有祖国

云朵啊，没有祖国

它们流过国与国之间的关卡

它们飞过族与族之间的长城

它们飘过语音和语音的栅栏

在日晷上投下阴影

是的，燕山远远地见了

月如钩远远地见了

但还不是秦时的明月汉时的关

侠和士

还在大地上徒步

匈奴的骑兵，还远远地伏在草原下

2008 年 8 月 25 日

霍去病墓上怀古

车过咸阳驶入时空隧道，剪力墙换成了土木堡。
当代的声色尽，秦汉的肃穆临，古墓森森。
一方水土把一个朝代封存。

马依旧踏匈奴，箭依旧搭在弓，石像生依旧动。
太阳照耀霍去病，微风拂过卫将军，养马的王子
怔望着北归的云朵：时空如水晶棺凝冻。

唉，怀古客忍不住蠢动，把单幅变成了长轴：
镜头摇晃伸向了茂陵，还囊括了旁边的李夫人墓。
那美人曾在皮影戏里还阳，还在电视剧里令皇帝恸哭。

匈牙利人显然有备而来，透过望远镜他看到匈奴溃败，
一路汹涌向西，用上帝之鞭挥就《罗马衰亡史》。
人类代代如落叶，他发现自己面已变，心已安。

调转方向，又一串墓冢连绵如曲，"一朝天子一朝臣"。
从长公主唱到霍辅佐，一个朝代画上了休止符。
而吵闹的韩国人，手搭凉棚，看见了好几个大土丘。

啊，我的兴趣更加古怪，我喜欢墓上踩出的羊肠小道。
青青的草坡上，灌木花开，贵族的后代正在牧羊。
在高大墓茔的阴影之间，散落着箭矢和铜钱，麦浪摇摆。

2008 年 4 月
咸阳茂陵行

67

闪电照耀火车

奔向北京的火车，发自呼和浩特
在阴山进入了暴风雨区，这个炎炎七月的深夜

我的噩梦被闪电刷醒，车顶如油桶般滚过雷霆
暴雨挥动《地狱篇》里亡灵的手，猛烈地拍打着车身

在闪电擦亮的刹那，我看见河水急流，看见河对面的悬崖下
一辆孤单的卡车，正迎着风暴行走，吃力如马

在那瞬间，在这同一条道上，古代的骑兵映入我的眼帘：
也是在这样的暴风雨夜，闪电照亮了匈奴的脸，蒙古人的剑

闪电劈开了时间的化石，照见匈奴、蒙古人和我擦肩而过
闪电释放了空间深处的气味：逝者就在我们的身边活着

2008 年 6 月 25 日

忆 2002 年夏途中

日新月异的旧公路

国道设计师把经典几何学运用巧妙
裁弯取直，把这段省级路割掉如盲肠
还额外节省了一个亿的人民币
抛弃了八个村庄，得到了上级嘉奖

既被废弃不用，它就任由自己荒芜
十年的时间不到，就成了古董商的宝贝
当我们的车由于国道壅塞如肠炎
而驶上它，竟发现了它的寥落美

那还是柏油路吗？缝隙间的青草
蝴蝶盎然，路两边窜出兔子健步如飞
使车上人反应出口水。护路树
本就有了年头，现在老而残，疏且密

枯的更是枯出了禅意。夕阳下
配上鸦雀啄虫子，是一首自动写的晚唐诗
如果从侧耳倾听的后视镜看
只能是更幽古，更迟缓，更深不见底

它绵延约五公里，借着棉花田的掩映
用时代日新月异的新，来加速
自己日新月异的旧。你以为它在冬眠？
它的野史价位，一年要翻好几番

2008 年 6 月 29 日

忆 2000 年过峡江旧公路

70

明瑟楼冬日听曲（B版）

我在一月来时，你丢弃了一切的枝叶。
连音乐也去掉了音符，只剩下灵魂。
夕光中的老者，临池弹唱，
高亢、婉转而苍凉，令我骨寒，那凄清。

哦，他的评弹，与往日所闻截然不同：
谢谢你，告诉我吴侬不是软语，
上古的尖厉没有磨灭。纵使有冬风
入园，也吹不走你苍老的回声。

我曾在夏天来，水上廊搭满藤叶，
石山上的树木茂密，池畔草葱茏。
活的水流经石幢，又把鸟儿掠过的倒影
投给太湖石中间的窍洞，波光盈盈。

从每一个窗口望去，景色皆变幻，
随我的每一个移动，夏天都在动：
娇妍的美人儿满目扑来，
还依次转过昆曲、芭蕉叶和儿童。

可是现在，你抛弃了所有这一切：
水寒，树枯，草凋零。
夏天被繁枝遮蔽的天空，忽然敞亮：
你可以这么瘦，却精神。

我还想到世上的一切，从无到有，
从有走到寂灭。你，本来是一块平地
造园师挖土成池，垒石成山
用墙隔出空间，用窗口集中景观。

步移景异，春夏秋冬，造园人胸中
了然。我何必惊异，此时的留园
不过是回到了它的本来。
寒意成了对象，萧瑟有了况味。

园子枯寂，如美人儿在暮晚卸了残妆

睡在我们身旁，生息明晨的幼稚美。

我的悲伤本是造作，尽在造园师的掌握。

我不如沉静，慢听，感恩中去领略。

2008 年 7 月 4 日—9 月 7 日

没有人住的新房子

没有人住的新房子

很快地积满尘埃

墙壁气味萧瑟

铁门开始生锈

地板上缺乏脚踩出的

闪亮的履带

夜晚当别人的房子

灯火通亮，它却陷入

深深的黑暗

它衰老的速度

超过有人的十倍

没有人看的花朵

开在野外的溪边

云朵飘过，鸟儿掠过

风和雨经过

就差那画龙点睛的一眼

它短暂的一生十分娇艳

却缺乏神采

没有被耳朵听见的音乐

是一段音频

它流过海洋的表面

拂过陆地的表面

甚至传向太空

甚至被动物敏锐的尖耳朵

捕捉到，但是它仍然只是

一段声波

转瞬即逝，不留痕迹

它没有变成一段旋律

在人的心里起伏

引出温暖的颜色，和喜怒哀乐

2008 年 5 月 30 日

汶川地震后

早晨起来割青草的人

早晨起来割青草的人

震落了露水的颜色

弥漫的气味伴随声音

把行人变成了羊群中的一只

还透过半开的窗户，折身入内

让小婴儿在母亲的奶中啼哭

早晨起来割青草的人

他的衣服上沾满了草末

他手挪开的地方露出了平面几何

又把矮灌木雕成球形

与他相比，我更赞同后现代

让草葳蕤，还最好没有人类

早晨起来割青草的人

不知情地修剪了别人的句子
等我彻底地醒来听窗外
只感到手中吸尘器的余震
割草人关上了割草机，不再割草
使下面的一句怎么也探不出韵脚

2008 年 5 月

锯橡树

有一些雪状体在风中纷纷扬扬
飘到眼中却感到针扎的疼
我抬起头，看见穿绿色制服的人
站在高高的吊斗里，正对着一棵橡树

是在一月中旬，地上还留着残雪
路上的汽车时不时溅起积水
我生怕树倒下来，急急地赶到前头
才回过头来，看看发生了什么事

橡树枝叶全无，像被砍掉了头和四肢的龙
只剩下光秃秃的躯干，指着淡淡的蓝天
戴黄色头盔的人站在半空里
显得很高大，蒙着宽幅的防护眼镜

电锯在直径一米的树身吃得很深
放肆地哼着，由于深，听来有些沉闷
我仿佛看到锯面兴奋得发红
一阵雾气裹着它，像乳胶

当电锯停下来，就慢慢地散去了
转而变成铁青色，显得冷峻
伐木工人歪着脖子打量了一会儿
转换角度，再次放任锯子深入

湿黄的屑末被甩了出来……
不用十五分钟，一截两米长的带斑纹的圆木
就完美地形成了：另一辆吊车
用早已绑住它的索子，将它凌空悬着

晃着，斜摆着放进一辆卡车的车厢
锯木工人的吊斗降了下来，开始捆
另一段树干，把它虚挂在吊车臂上
然后掏出皮尺，测量该锯到哪里

一切进行得井井有条，安全、高效
令我想起故乡盗伐者的窝囊和愚蠢
曾经有人被树压成了残废，瘸了一条腿
而现在，锯橡树能够锯出优美

等我从镇子上回来
卡车、吊车和工人都已没有了踪影
如果不是隔着灌木墙闻到一股浓烈的
树汁的香味（臭味？），我会想不起

看到过的事。这气味牢牢地逼着鼻膜
想不闻也不行
一棵树死了也有尸体的气味？
但似乎还活着，在表示一点抗议？

走到灌木墙拐弯处我向草坪张望
原先浓荫蔽日的地方只剩下一截树桩
贴着地面，稍稍隆起
路边经过的人根本就看不到

看不到，也就想不到……
草坪现在显得空旷有余，斜阳一抹
透过塔楼顶，射在对面高坡上
墙壁忽然亮了起来

剩下的树桩很快会被刨走
留下的坑会填上土，栽上青草
新来这里的人以为世界本来如此
想不到这里曾有过一棵大树

它曾投下树荫
日光下，镁光灯下，叶影婆娑
知道有过它的人陆续地走了，忘了
一棵树就这样彻底地没有了

2001 年 2 月 6 日　纽黑文

时 日

坐 938 路，青色公路伸向蓝天
东风浩荡送爽，新鲜词句蹦现
愉悦地得知诗神仍在眷顾
回到杨庄，记不起一句

到"晓阳红"拉面馆
一杯啤酒，一盘葱爆羊肉
宛如高大瓷雕的卢舍那女招待
激起心中的性感，而又不带欲念

在刘过的麦地坐上半晌
直到风筝纷纷回家
天色发暗，城市发蓝
灌溉器的水声越来越响

有一个远方的人用来怀念
身体没有疼痛，父母健在
窗前翻译，看见飞机低低飞过
深夜读着一本唐诗入眠

2000 年 6 月 22 日　通县

杜马六十岁生日哀歌 ①

活到这个年纪，带了厌倦
像大卫眯眼，太阳底下无新事
理性之光看透了，黑夜欲望的把戏
偶尔地陷溺，仿佛
忘掉了自己：但那双眼高悬
而悲泣

敬过的、避过的长者凋零
他们的教训，如今成笑柄
都市里占了一个位置，身体安稳
也不再想东想西。坐地铁转两站
读无聊报，看无面孔新新酷妹
到站了，休再提

---

① 杜马教授是讽刺诗《杜马教授和亨亨博士》中虚构出来的一个滑稽人物。

爱过的、恨过的少女变女人
个个不同，只缘特定的情境
有时高贵，有时娇，有时黑而秀美
噫吁兮，内心翻跟头，情欲牵线：
如烟幕弹，那一堆脂肪
只求类，不看个体

那些心境消逝，不再来
旧旅途崎岖，旧有爱感掠过
如蝉翼，湿空气中飞不起
少年描摹的哲学全无用，语言成
画皮，年纪教会了用眼如用刀
骨、肉、筋、腱分离

还有什么能够慰藉？伟大思想乏味
新面孔腐朽，人令人生畏
金钱如牢役。旧时理想刺破
诗人铜像日渐磨损，平添上汗迹
觥筹交错，笑脸锁定了
但已难得小时放鞭炮的快乐

何不凭一颗信仰的心，重新吹燃灰烬？

哎，盲目的义愤，出于人力

却称作上帝的离合器。我情愿化蝶

躺卧树荫之下，花粉飘零

也不亏理智的诚实：这一具机器

出入街肆，是个好人，全凭习惯维持

2001 年 1 月 26 日

蛇

我在田野散步时遇到了一条蛇。
我该如何称呼，它，他，还是她？
不管是哪个，我都不会称为"你"，
它也不会像乐园里的蛇那样说话。

从美丽的程度来判断，
我应该称之为"她"。
如果不是遗传下来的恐惧，
我甚至可以把她认作我的邻居。

她本来在沟边优哉游哉，一路逶迤，
不幸遇到了一个世袭仇敌。
她抬起小巧伶俐的头来，
先是斜着，后是正着，和我对视。

她所感到的恐慌

也许比我的还强？

她的眼里有几秒钟的迟疑，

但似乎是面子使她不好意思后退。

既然她把自己闹得很僵，

我就想礼貌地回避。

她的近视眼恐怕看不到我，

是我的到来使她周围的气温上升。

我想起电影里常见的镜头：

蛇头猛地一晃，像拳击那样击中对手。

但这显然不符合她的性格，

我还没有动静，她就侧过了身

方向略有改变，继续游动，

仿佛没有遇到过我。

但我觉得她的身上还有一丝戒备，

我这么想，也许是因为自己紧张。

她走她的路，我行我的道，
我们又何必彼此打扰。
但是前边荷塘里的蛙声悦耳，
诱使我远远地跟在她的后面。

她的身子舒展着，洋洋洒洒，
像一列客车在铁轨上慢慢地跑着。
从每一个窗口都有灯光透出来，
照白了两边的草木。

她那 S 形的身体来到了水边，
差点和镜子合一。
短小的芦苇上停着一架蜻蜓，
不停地转着风轮。

我屏住呼吸，盯着她，
看着她昂着头涉入水中。
我的目光中好像有她的目光，
我的手不自觉地握着一根树枝。

她的身体半浸在水里，
翠绿的肤色和水色相配。
一切都像水上芭蕾，
如果不是那蛇信，那牙齿。

附近的青蛙停止了歌唱，
谅必已感觉到了什么异常。
但是她更沉得住气，
她在水里简直就像我握着的那根树枝。

我在这黄昏的田野看着这一出戏。
哎，我的手里握着这一根树枝，
只等着哪一只冒失的青蛙，
急于将美好的春天歌唱。

那时我就要将它拯救，
尽我的能力介入。
但是应该做到哪个地步，
我却有很大的犹豫。

青蛙的性命在蛇的口里，
蛇的性命在我的手中。
田野上你可以看到这一局棋，
也不知道下面会怎么走。

2000 年 10 月 6 日

当男权遇上女权

当男权遇上女权
家里就会堆着大量的碗

当女权遇上男权
长辫就会变成长鞭

当男权和女权手拉手双双散步
他们就会获得人权

当男权放弃了自己的男权
就会有另外的男人掌权

当女权放弃了自己的女权
她就会更加有权

当男权抱住女权

他就变成女人

当女权亲吻男权
她就变成双倍的女人

当男权和女权做爱
世界上就将没有男人

当男权背叛女权而找了女人
女权就会变成权

当男权找的女人变成了女权
他就变成没有权的猛男

当男权和女权争吵
他们就同归于尽

当女权和男权同归于尽
世界上就只剩下男人和女人

2000 年 5 月 6 日

93

对某个但丁或叶芝的疑问

老婆呀，不要哭。
——黄永玉

为什么不把老婆当作贝亚特丽采和毛特冈？
因为她太近了，她是空气

为什么要把贝亚特丽采和毛特冈当作老婆？
因为她们太远了，她们是星星

她太近了，她像泥土在你身体下面
因此你就望着高天，云朵舒卷

你身在北京的某个破房子里
为什么心却是好莱坞的一名外籍演员？

你该如何将"老婆"翻译成英语？
老婆子、老婆婆、老婆娘，还是老子的婆？

你说"诗要本地化"，还说"要注意当下的生活"
但你为什么总是遗忘你的老婆？

你还说诗歌是一种"发现"，但她的美你看不见
可见你还是错过了诗歌

是谁为你生孩子，在你生病时端茶端饭？
但她像一笔黑钱，从来不能在你的诗里兑现

为了防止你太荒诞
上帝只好派她来当你的书信检察官

为了防止你被风吹走
她用孩子作镇纸，镇住你

为了防止你眼中只有彩旗和美女
她让你洗尿布片

她这样岂不是增强了你的叙事性？
这岂不正合你的诗学观点？

她越来越不是你的衣服
她越来越是你的左手

因为你从来不注意你的左手
而你越来越注意你的衣服

虽然你的诗比你的名字小
但她比你的诗还小

她看不懂你写给别的女人的诗
她半夜抽泣，使床摇晃，没有原因

你敲响黄钟大吕，你制造崇高
但你的老婆知道那不过是她家孩子吹的气泡

你在外面的泡沫越吹越大
你老婆在家里的绣花针越磨越尖

你在外面宛如处子，宛如天堂
但你的老婆知道那不过是一个沙堡（傻宝）

那些由崇拜本文而崇拜本人的女追星
怎么能逃得开你老婆的照妖镜？

她及时地将你的无花果意识扼杀于萌芽之中
从而挽救了你的传记和名声

你的老婆高中毕业，充其量也就是个中文本科
如果她不幸读到了博士的地步

那你就得考虑地下写作 ——
否则在被这双大眼监视的年代，诗人何为？

你在婚前写给你老婆的肉麻诗作
现在减肥了，甚至得上厌食症

如果你还有一点点良心
你就得和你老婆发生争吵

如果你还有很多良心
你就得旁敲侧击地表扬你老婆

记住：水可以载舟，亦可以覆舟
你并不是诺亚方舟

在你迈往诗人的途中，免不了要和大诗人打交道
这时你一定要先和他们的老婆打好交道

在你迈往大诗人的途中，免不了要和自己打交道
这时你一定要先和自己的老婆打好交道

如果一首诗能够使你老婆年轻三天
那你何不省下大笔大笔的美容护肤钱？

这样下去，如果你五十岁时她才十八岁
那你何不把她当作女儿来抚养？

我这首诗要献给普天下但丁和叶芝的老婆
使她们翻身得解放，抬头一片天

我这首诗要献给普天下诗人老婆的预科班

要她们坚定信心，"一百年不变"

2000 年 5 月 19 日

闪　电

我们赞美的闪电穿过但从不在我们的体内停留。

夜深了，我们默许的愿犹在路上。

天使飞来往复，探照灯照亮。

天使纯洁，纯洁的从来不具备思想。

我们会不会像向日葵一样拧头低垂？

子房寂静，各自冲突的话语还待酿就，

而邪恶的翅影庇护着我梦中的逃亡。

天使责备，海兽支持，那个举步维艰的背影。

在四分五裂的风旋中，猛然瞥见了

悬挂在海市蜃楼上的面容。

约 1998 年冬

飞机猛地下沉时

一

一个怀疑春天的人坐在他的地下室里。
烟囱飘出马铃薯和块茎植物的气味。

蚯蚓对蝉说："你的前身是我所熟悉的
现在，你的翅翼振动，音响嘹亮，令我诧异。"

蛹说："这又算得了什么。看看我的三段论
像捆绑式人造卫星发射，节节脱落，自我分离中完成。"

二

神秘主义者的冰雕现出花园的样态

旋转、扩大，晕红中容有慵倦的情致。

"确然，四十岁贵妇人已达到黄金律的中点
自矜、从容，面对诱惑能做到自律。"

贵妇人说："雪地花园一旦开放到败坏前的那一瞬
就须凝固、封闭，这样才能完美地向外界呈现。"

三

他的生活像一篇关于先验演绎的标准论文，
论证衔着论证，每一页都充满了脚注和引文。

"但是，我最终发现，除了形式逻辑
只有标点符号永存。凡有文字之处

都飘着肉体的气息，由经验喂养大
终有一死，容易败坏，处处显露出疯狂的前兆。"

四

"脱离了母语的诗人就像一只被砍断了的手
要拉出帕格尼尼怪异的琴韵。"

天色暗了，北纬四十八度的天空掠过海鸥
"他们说的是外邦语言，和本地文本一致。"

"不然。毋宁说他们在与失语症调情
病人张开口，医生吐出词。"

五

"宛如琴弓，在琴弦的轻颤中奏出和声
要成就自己，就得有异己，不粘胶乃是前定。"

"但是，当语词偷渡越境，出现滑音
如何辨认他的身份？暮色边界上的陌生人？"

问："他乡与故乡，哪个是形容词，哪个是名词？"

飞机猛地下沉时，响起蚱蜢的回声。

1996 年 10 月 4 日　温哥华

羽毛十四行

比幸福还轻的羽毛飞在阳光下
整整一天，我看书只看到了你的黑头发
南中国海生养出来的
闪闪发亮的黑头发

风已停住，教室里只有书页掀动的声音
在我左边坐着一对羞涩的情侣
我和你膝并膝在紫荆树下读过的书
如今只有我一个人还在默默继续

去吧，像羽毛一样飞过太平洋洋面
让命运的季风把你携带！
当我从冰封的北国返回

情愿和你近在咫尺，却不相见！

两片羽毛飞在不同方向的风中

一边呼唤着，一边越离越远

1992 年 12 月 3 日

一九九二年五月赴京复试后沿京广线返穗途中

又是日落时分，主啊，你的霞光笼罩大地；
列车载着过客，在你光影的田畴里穿行。
那归巢的喜鹊，掠过铁路两侧的电线杆，
暮霭也从麦地的边缘爬出，向着村落聚拢。

这北国的春天，你是用光芒来爱抚；
一俟秋日来临，你又将施以霜露。
大叶杨在夕照里出神静思；宽敞的柏油马路
沿着它自己的脊背向北方归去

它是不是像路上的小儿马一样心焦
拉着一辆板车，急着要回到妈妈的马槽？
它是不是像我一样平安，像我一样

把家安在此时、此地、此刻的路上？
主啊，你的爱好像一个圆环，不停地
我从你走向你，永无终点和起点。

1992 年 6 月 17 日

判　决

他的夜空是黑与红。他叩击
在一个内向的镜子里他那清脆的花瓣打开
他呈示我们何谓火的鼓点
椭圆形的眼珠在往昔的河床上坠落

我呼吸，并且惘然：是什么在啮食时间？
道路打成的死结在相互吞吃
打绑腿的人在桑树下甜憩
火车：像一个幻觉
在远方夕阳里向北驶去

旧照片

在发黄的路上我的气味湮没
我伸出双手，但双眼熄灭
爱人的手指在我的脖颈上
刀锋一般清凉

我忘记了每一句话，包括这句
绿色的波涛啊像狼犬之舌
从内部亲吻我的面孔
发出空窍的声音

剥离皮与肉，我宛如冬夜的一把匕首
在光与水之间行走
我的前景是可怕的漩涡眼
而背后站立着的是
吃人的道路

雨

第一滴梅雨溅起回忆：我的恋人在窗前
掩面哭泣。栀子花的哭泣
用胼胝把往昔的硬壳砸开 ——
有谁记着我们的唇印，秘密的祷告？
在一个罐头瓶盖的撬开里
众多的饕餮飞离

谁若内心美丽，谁就更脆弱
更易在透明的风中折断
雨像恋人的呼吸，我的柔软
向她敞开：
珍珠在蚌中，崇高在冷漠中

飞　蛾

为什么你们一定要以为我很无知？
我清楚地看到
火焰的玫瑰色大袍
我醒着，醒着
在醒中听见我的翅膀
发出嗤嗤的声音
仿佛冰屑砸在玻璃上

我的爱决定了我的飞
我清楚我死亡的每一个细节！

命　运

在黄金的海浪上我亲手栽种下我的命运
等待月神照耀的秋天，用袋子收获泡沫
我过早地戴着夕阳的桂冠，坐在海上
看着这虚幻的树抽出蓝色的枝条
它泪形的树叶，刚刚成形，又坠落海中

我呼唤。我哭泣。咸涩的海水进入我四肢
我开出蓝色的花朵，张张花瓣上有我的面庞
我的面庞就在那一页页翻开的波涛中闪现
我液体的命运在海的呼吸里起伏 ——
海水在形成之中。我永在形成之中

倾　诉

我无法启齿，向你倾诉我的爱情

因为我不知道你是谁，你又在哪里

因为我心中的熔岩已蓄积得太多
而又找不到喷发点

因为我的卑微的凡人的献词不值你的
微微的一个哂笑

因为你是如此之完美，如此之高贵
你居住在神的世界里

我无法启齿，向你倾诉我的爱情

我忧郁地思慕着，你的一绺青丝在星光里的
光润，已经是如此的伟大而和谐

我无法想象出你的青春的面容和倩影
我无法启齿，向你倾诉我的爱情

因为我不知道你是谁，你又在哪里

1990 年

逃　脱

一

无来由地我逃匿何处？

何处不在他的照彻下？

何物可留下黑作一团的黑影？
我的白色长袍长拽了

一道白色之幽灵，唯
月地里飘忽不定飘忽不定以躲避

他的照彻
一切透明，割裂阴影

他凭手指感知我的方向，他的光

无以逃匿

泽被一切

无来由地我摆脱谁？

1989 年 11 月 19 日

二

我怎样才能逃脱你的主宰

在无形的风中？

当你鼓动起悲哀的夜空
披在了我的脸上

我怎样才能逃脱你的主宰

不可名状又可以感觉的？

当你排斥我、恐吓我
让我行色匆匆地
从一处忐忑步入另一处忐忑？

我怎样才能逃脱你的主宰

难以比较的比较之网

耻辱的、敌意的、阴暗的
你的无处不在的无形的手掌？

1989 年 12 月 16 日

我乘了轻轻的柏舟

我乘了轻轻的柏舟
一路上寻访着我的心
我击着楫喊出了声音：
心啊，别出走，请停留！

我看着两侧的水莲
春风里默默地正含苞
我拳起掌大声地喊叫：
心啊，别离开，请流连！

我仰头望见了悠悠的苍天
絮絮的白云正在飘散：
心啊，别分开，请流连！

我俯首看见了湍湍的水流

脉脉地分作千丝万缕：

心啊，别流走，请停留！

1990 年

风景的移植

我用长袖携了椰子树的海边日出

培植在我心爱者的黯淡的星光之中

我听见海风旋转得日新月异
湛白湛白的波涛发酵得成群结队

我心爱者秀美而壮丽
她的眸子掠过我就像一只海蜘蛛
她的黑发就像飓风一般反涡旋地散开

她听见海的呼吸变成了她的呼吸

她不再拥有星光黯淡的夜
她换了一张海岬边的亚热带晨曦

她的笑又雪又白

使人想起海浪

我用长袖携了椰子树的海边日出

培植在我心爱者的星光清微的夜空

1989 年 11 月 22 日

诱　惑

她用了狡诈之碧眼瞟我，频频

揽发而回顾，妄图以雪白之鬃毛

诱惑我视线。哦，我在空气中

嗅出了猜疑之骚动，肌肉绷紧

抖动不已，似在听命于迅猛之一搏

凝神之中，听见她桀桀怪笑
令我深厌
狠狠地刺了她一眼

她长尾高耸，晃动悠然自得

有如她昨日在水上公园

撩起她的裙子

露出火红之肌肤

令我非我

1989 年 10 月 29 日

猴　人

人凭着栏杆看猴子
猴子在假山上看人

她的眼美丽而大
对我惊奇且迷惑

我在她眼中始终是猴子
令她兴趣盎然

她掷我以玫瑰牌朱古力
外加香蕉皮及飞吻种种

我以泪眼回眸
而她无动于衷

我的爱深过桃花潭水十万倍
她却飘飘然拂发而离去

始终有一重帘在她的眼前
始终我不过是只猴子？

1989 年 10 月 29 日

巨　痛

巨痛讨好在我的身侧

那时它还小

围着我晃晃黑尾巴
后来日渐一日地

大日渐一日地

大

占领了我的身侧

占用了我的身背

侵用了我的身前

我坚守神经中枢
负隅顽抗

巨痛大吼一声，把我吞进了
它的胃里

1989 年 11 月 19 日

灵　爪

偌大的巨鸟之珠，今夜为何

暗流下稠红之闷
粘贴了人的短小之翅？

他来不及逃离辉煌之嚣张

便恍惚地了无影踪？

容纳一切的巨牙，今夜为何
生了铜色的苔藓
在风中霉味地吹？

他的骨碴细腻而坚硬，宛若
轴珠

安装在你巨鸟的灵爪上

吭吭地转，霍霍地滑

动滑

动动

1989 年 11 月 19 日

我走进祠堂

我走进祠堂在一个光尘的影子里

带了一头乌黑的软发以及
两只晶莹光滑的玻璃眼珠

海在窗外非常之涌动

祖宗们端坐在族谱上一个个肃穆而
菩萨
他们的长须飘飘

我很明白一个美丽女孩正在等我
在殿堂外光彩照人

我在跪中听见了我的血从哪儿流来

131

又将流向哪儿去

它们的微澜红红的艳艳动人

我感到祠堂正在我心上打地基
它里面坐着一个我长须飘飘
头发雪白，唯一双玻璃眼珠滴溜溜乱转

观　蚁

小孩子常蹲在梧桐树下
聚精会神，看着蚂蚁搬家
他拿根小树枝玩些小把戏
试图弄清它们的行径、组织和脾气

当我登上了摩天大楼
望远镜对准了街上人流
我是否觉得我是那小孩
在看着蚂蚁的匆忙、食物的携带？

而冥冥之中是否又有一双眼睛
把人类看作了蚁群
楼宇是蚁巢，道路是蚁路

战争是蚁斗，武器是触须？

他是否看得津津有味，觉得有趣

来劲时导演一两出恶作剧？

1990 年 2 月

追　忆（组诗）

引诗：源流

源自远古的河流，我们濯身于其中。

我们的母亲一个个体态丰满，洁白如玉。

我们的父亲在岸边逡巡，叼着红烟叶，企盼着捡到凤凰的羽毛。

在那时你吹起了你的长笛，意绪悠远，使我们禁不住热泪盈眶。

在那时你飘飘的衣袂在风中隐隐地凸现，于是我们知道

　　黄昏降临

而河边的杨柳枝上垂满了露珠。

序诗：海滨先知

白昼正在后退，微弱为某种声音
海风的腥味，呕吐我们的胃
两种蓝色，在错误的海平线融为一体
在泡沫的嘶鸣中我们前进
向着相反的方向

血红的梦想，悬浮在空中，轻柔
易碎，提示着远古的一次射击
九颗头颅滴在我们的骨髓里
成为坚强中火焰的泪水

有许多人，他们的吼叫
藤蔓缠绕，白色花点缀金色波浪
然而他们的最初的根，他们的手
已不存在，不知道遗失在时间的

何处。今天我们的歌
同样的皎洁，生机勃勃，不断地

向着空旷蔓延，四只精卫
指引我们，用石头填平永恒
填平海的生生不息——而最终
是我们填平大海，还是大海
填平我们？我们不屈的
行进绝非徒劳。

我将默祷有如黄昏

我将默祷有如黄昏。浑圆之钟声
悠然而至，抚触你李花怒放无边的荒凉之城
暮色泛滥，天空滴落绵绵殷红
理念在抖颤涌动的羊水中欲哭无声
它永悬空中，实在而虚无
海水掀起韧性的楼梯而不能抵达
徒自把握它的幻影

我将默祷有如黄昏。猩红之流将载走
渴望与李花之洁白。破碎的手指
僵固地指向天空，企盼婴儿之啼声徐徐吹送
残缺的怀抱欲要拥有
理念的光滑的、柔腻的、绝无尘垢的躯体
它们缄默、倔强、丰富
伸出有如大地的延展，无限、无憾

我将默祷有如黄昏。明日的舞蹈之足
将一点点擦干污秽，花园将奉上新花朵和
蜜蜂，电脑将构思新的迷宫，和沉溺
曲线将被裁去，换上直线，代表着前程远大
而我，被你金币的叮叮当当的流溢声遗忘了的诗人
躺在歪斜多病的床上，无法入寐

我将默祷有如黄昏。

另一个时辰披着宽大的火红长袍缓缓而来

终年长醉不醒，我把春天愤怒的语言

隔在玻璃窗外。此刻面对嫣红的桃花面容

我唯一所需的是忘记

外面季节更替而我犹在梦中

内心的火焰比此刻黄昏的日落更为盛大

飘零的野蜂已经没入土墙洞中

大理石的弹穴里该也有它们的兄弟栖居？

我神态安详地坐在这里

另一个时辰披着宽大的火红长袍缓缓而来

悄无声息地把我笼罩、包围、卷起，步入它的怀抱

感受它灼热的呼吸，受它滚滚的声浪袭击

蒙眬的眼前纷纷掠过形形色色的影子：

白色的影子、黑色的影子、红色的影子

独自一人而处身两个时辰

怎不令我面临被割裂的痛苦？

日渐碎为碎片而我犹不自觉

空自伫立着一个默默无语的完整

遗留的时辰如此负累，谁又能够单独承受？

分担重负的人须先把自己捣碎

而让人们拍拍身上沾着的灰，继续

轻松愉快地走上大路，唱着他们祖传的歌谣

朴质憨厚一如悠久的从前

生活就是在遗忘中的展开，而诗人孤身一人

深入到遗忘背后，承受死海的黑色海啸

哦，幽暗的年月，我瞳孔里燃起的漫天大火

另外的钟声降落大地，携带阵阵心形树叶

悄然而至。苍茫的时辰，我犹记得你

赤足伫立在梦的青石台阶上，紫红色的裙子

在暮色渐浓的风中，诗性地燃烧。哦

幽暗的年月，我瞳孔里燃起的

漫天大火，如今只余灰烬

在你骨髓和睡眠里保留残存的火星

如今在你伤痕累累的乳房上

愤怒的樱桃正沉默地生长

而睿智的猫头鹰犹在梦中呓语阳光

另外的羽毛正在脱落，在空中

旋转出被击中的鸽子，和五月荒原上

缀满了鲜花的天空

这是质朴无华的秋天，万物的花序

在气流的旋涡中次第绽露。在这里
另外的面孔会被孕育，另外的
枞树会流出芳香的泪，另外的
肤色黧黑的女人会捧着金色的稻穗而来 ——
但在我梦中
窸窣的、踩着落叶呜咽的，是你的脚步吗？
唯一的、熟悉的、你的？

我走在不断凋谢的记忆之中

我独爱在簌簌的秋风里，倾听
竹叶的密语。白灰色的石径
宛如生长多年的长蛇，一直蜿蜒向
不可见的黑夜深处
我如秋天一般，在不断起伏的路上
缓缓而行，眼中展现
我早已忘却、不曾经意的久远往事
就像两侧路过的林子
慢慢地铺开。我走在
落叶旋舞的竹林里，走在不断凋谢的
记忆之中，脚下响起
多年之外传来的回声

哦，不断明灭的以往，我置身
你们之中，怀揣五月的光耀

无边的生机在我初萌的种子里勃发

绽露鲜红的梦想。我走在

你们之中，走在你们籁籁的

密语之中，和你们手拉手，结成

兄弟的同盟。哦，远处徐徐传来的

迟暮的钟声里，我们的歌

经久不息，像不断扩散的阳光

投射在每一个阴暗的时辰

唯愿你来到我的心中，在我的血液里做红色的梦

我熟稔这些玻璃的面孔：清脆有如

水中的气球，在我的手握之中

不断地逃逸。我寂静的时辰，我柔婉的心爱

将你玫瑰红的目光贴上我的脸！

我脆弱的本质多么需要你的抚爱！

而你不可抑止地上升，梦幻的浮力

不是深黑的泪珠所能挽回

此刻灌溉的农人在煤油灯下，阅读明天

作物的种子，而我徘徊在往昔你的门畔

以你的姿势坐在窗台的一侧，沉默如这被遗弃的房子

我竟然也会一无所依，掌中空空地守着你归来的

脚步声 ——在微微回旋的风中

不断降落的回忆。它们宛如傍晚天空的花瓣

宛如透明的水中金黄色的鱼鳞

在不断流溢的沙砾中波动、闪烁、变形

但是美丽的面庞，唯愿你来到我的心中，在我的血液里

做红色的梦；在我骨髓的盐分中

披上你羞涩的纱巾！

如今这些忧伤的年华，苍暮的紫灰色

在童年外婆的纺车里欲断还续

提忆起久远的往事！

沉默的时辰，我命定的心爱！不要在我徒劳的掌中离异

不要把你温柔面庞的轮廓

隐匿在窗外的夜色之中！

我的手伸向空中，只待你的相握

苍暮之雾，你不断变幻的面庞隐匿其中

往昔轻快的语言凝结成霜，洒落在

你的门楣之下。荒芜的院落

针状草挤满了石径的缝隙

而你迟重的脚步犹自不归，爬满喇叭花藤的

柴扉空自半开。但是这是何处来的面容

在雾岚中与我对话？没有洗沐的面容

粗糙的轮廓，清晰有如玻璃器皿中蒸馏水的声音！

我的手伸向空中，只待你的相握

我却抓牢了风中之风，雾中之雾！而你晦暗的面容

逐渐消退，有如潮水回归大海，让我搁浅

坐成沉默，石砌的眼窝里积满秋露

哪里来的红色雨雾，增添天空中绵绵不绝的哀悼？

你可曾看见白色的挽联飘落人世

河流诽谤的唾液写下乌黑的悼文

而我独自坐在往昔你的窗台边

凝视庭院里逐渐清晰的乔木，它在流变的雾中

岿然不动，把躯干向天空延伸

它站立在雾的上方，谛听远方的预言

比我们看得长远。这是大地勃起的生殖器

使冬天受孕，诞生春天的啼鸣

今天我在越来越浓的夜色中成熟

我宁静岁月的晚祷，我心中的至爱

今天紫荆的乐曲环绕台榭

青鸟苍翠的白日梦在檐下安憩

我慈和温馨的归依，我披着棉袄的老父

我暖铜色暮霭的钟声

在风的水波里浮现你们安详的面容

——缓缓地从我的眼前流过

将我淹溺在久远的往事之中

使我不再惊慌失措于闭锁不开的黑暗

内心发出火之飓风的呐喊

我久已不复的天真，我遗失在荆棘丛中的纯情

今天在泥泞中抖动起弄脏了的绒羽

渴望如往日一般在母亲熙和的天空里翱翔

（而下方没有眯着一只眼的猎人！）

我昔日修长柔软的手倚在钢琴的键上

如今它毫无怨言地结满了老茧、粗糙的纹沟

恍如辽阔的大地沉默不语

袒露博大胸襟一无保留

今天我坐在记忆漩涡的中央，环视我

流溢的从前，眼里蓄满莹澈的泪水

今天我成熟在越来越浓的夜色中

在我的眼前慢慢展现一个光的世界

我起身，步入渐趋明朗的白昼，步入澄明的所在

我回眸问西天最后的晚霞

俯首黑暗的大海，它湛白的波涛
可会久长？而人类的泪水
滴呀，滴呀，仿佛没有个尽头！
我来自宇宙的脉搏深处，律动于
太空的呼吸，来到了这一个蓝宝石的星球
沐浴于它的光耀
沉浸于它的黑暗
像绵延不已的大地，像波波相衔的海浪
我的哀愁和喜悦，无休无止，无止无休！

生于土地的人，萌芽、绽露、伸展双臂
然后拥抱，拿起武器，向他的兄弟射击
迸溅出最初的沉默和血泪
季节运转，他们代代更替，萌蘖、繁荣、葳蕤
而后凋谢！

不断地向陆地蔓延，不断地向空中攀缘

他们旋转如飓风的蔓须

生命的种子四处抛撒

苦难也随之撒播四方

宇宙的一个瞬息，一个盹中之盹，鲜血涂红了大地！

短暂的时辰，多少个黄昏的图轴里

我看见一个诗人身披白色长袍悄然伫立

晶莹的沉思在他的眼中蕴含

鸟儿在苍天往返归巢，暮霭在林子里浮起

他终于和苍茫的黑夜归一

我回眸问西天最后的晚霞，这个不可预料的黑夜

可会长久地笼罩大地？这个枯与荣的循环

可会长久地统治人群？

不可摆脱的阴影，如水温柔、慈爱，无所不至

此刻暮色降临，浸入我们的周身
不可摆脱的阴影，如水温柔、慈爱
无所不至。我们是在渡河，向她接近
水的响声在我们头顶，火的响声在
我们脚下

向她亲近使我们和她疏离。一步步
靠近她的呼吸，一步步
背离她的心，妩媚的遥不可及。狰狞的
虚无。沼泽流动。泥涂无定形。
我们的手找不到支撑
牢牢地抓紧了风

接近就是疏远，到达

预示隔绝。"她是否知道此刻的

摇摇欲坠？"没有回答。而猜测

是单方面的事。"她是否知道此刻的

摇摇欲坠？？"没有回答。而祈愿

是祈愿者的事。"她是否知道此刻的

行将来临的漩涡？？？"没有回答，而毁灭

是毁灭者的事。

这并不新鲜，死亡天天诞生。

而此刻暮色降临，我们在向她的亲近中

一步步

远离她。

戴着少女面具的老妇，自我们内心的鼓掌声中走出

上升就是堕落的开始。飞回璀璨的圣地

同时面临了深不可测之渊薮。摸着石子

过河。生与死同穴而居

戴着少女面具的老妇，自我们内心的鼓掌声中走出

她丑陋的皱纹时隐时现

在烟雾缭绕之际，她的枯萎了的子宫

用春天的花粉，酿造

木偶、葡萄藤和巨大的石磨，碾碎绿色的时辰

上升就是堕落的开始。坚实的屋宇

没有地基，在沼泽中流淌，随狡猾的鳄鱼们

拖来拉去。空气中布满了无形的网

根盘节错，络脉相连织成了

另一张网。它们出自我们内心的欢愉

当我们诅咒它们，我们就是在自刎——
这需要视死如归

上升就是堕落的开始。悬崖
就在我们的梦中。死水之海蔓延绝望
泡沫却在笙歌。欲望熊熊
焚烧着一切：这被点起了的大火
带来了热、力、能，和
毁灭

上升就是堕落的开始

那么"我"又是谁？

我，来自桃花飘洒之地，身披粉红之香馥。

为你所窥见、洞明，无处藏身。

注定了我要说着瞽者之预言，弹起乌鸦的三弦。

月光呜咽"破"与"碎"。芳草，河之洲，萋萋。

若喜鹊出现，露出灰尾巴，我将转告你。

载歌载舞。举手触额。亲吻土地。擂起牛皮鼓。

成群的少女将沐浴河边，赤裸而寒冷，如烟，如雾。

铃铛响起。环佩轻触。箫声悠抑。

如不胜兰花草之凉意。

光滑、洁白、细腻，宛如瓷瓶，立于河畔而为杨柳依依。

我，不祥的影子，来自桃花勃然怒放之地，

给你捎来了鞭子，火，冰。

还有水晶棺、鲜花的项链、梦魂曲。

我，匿名的瞽者，走入你的小巷，走出你的小巷，

桃花抛满了一地（落地时铮铮有金戈的清音）——

不幸的，当你看到粉红的我，因何潸然而泣？

我是温柔的、沉默的、忠厚的。你抬起了头。

眼中盈满了绝望。不幸的、注定了的，你因何潸然而泣？

在你瞳孔的倒影里，我不过是个陌生人？

我是你所不熟识的人吗？我是你所不认得的人吗？

你等着的难道不是我吗？我来错了地方？

那么"我"又是谁？

犹疑着，我站在你的门口。

不幸的，你因何潸然而泣？

在我不断沉降的晕眩中，万物的火焰不断地扶摇向上

我累见落秋之舞：发辫飞旋在

空中，暗淡的火焰

流转在叶脉的周身。她们赤裸的明媚

展露，呼吸六月早到的迟暮之秋

淡紫色的眉黛，在她们艳红色的呼喊里

飘拂炎夏的凉意。我无以化身为蝶

托她们轻盈的裸体于翅膜、于掌上

这样的凋落之美，自然有节奏的呼吸

并非我所能够挽系

降落之途，抵达我青石砌就的门阶

宛如秋天舰艇列队的先遣

预告我霜雪的消息。隔着季节，我遥望

深寒的日子，哦，我会一如今日的落秋之舞

除了空气的浮力，并无归依。
我会孤零零一人，辞别青黑色的
树枝，在叵测的深度中
不断地下旋，最终
丢失了所有的方向。哦，何处是我的
归途？何处是我超越尘世的舞姿？
在我不断沉降的晕眩中，万物的火焰
不断地扶摇向上，这般的鲜明、迅捷！

你已然辽阔如秋天的大海

此刻苍青的呼唤如同海马，依依蜷曲在
你的上方，低垂右旋的花瓣
不断地展露被时日浸泡变形的迢遥往事
这是烟雾弥漫的清晨，火焰
在海面上燃烧，烈日无边地涌动
你来自虚无之地，在啼哭的尾音里
目睹光华抛上天空，轰然而成太阳的黄金菊
光耀的时辰，卓绝光滑的时辰
你双眼眯缝，瞳仁一次又一次曝光
被历史的拳击不可治愈地伤害
烙伤的心灵永不停息地抽搐

甜美陶醉的时辰，五月的雾带漂浮于水上
你走在防波堤上如走在多岚的梦中
钢丝的圈套蜷曲成蛇的姿势，在起伏的

土之波上等待你不豫的脚步

你已然被伤害，你已然辽阔如秋天的大海

你不拒绝，你收容一切：卑鄙、废渣、陷害

背叛、污水和油腻。你坦诚你的软弱、无能

一如水的本身，你坦荡地走在多歧的途中

走在澄澈的光耀中。神圣的爱用温煦的手掌

泽被你寒冷的凡素，为你拂去

身上细微的冰晶：你光洁一如你的诞生。

你的路是火的路，飞焰的路，以蜿蜒的姿势上升

哭泣之晨……你醒于殷红的残瓣之中
小丑的嘘声与目光离你远去……宛如抛弃……
这些年华，这些浮在油腻水面上的塑料饭盒
在记忆的流沙中呐喊。
在沼泽的气泡中你一无所有，冰冷的阳光
在蛇鳞上穿梭而过，运转轰隆的节奏
碾碎少女的面庞，和珍放于玻璃中的干花。
在你面前扭曲的影像，列队而过
犹如冬季的鱼群，倾听水藻的风声
你已经超绝泪水，呆立于四面传来的钟声中
回归你的内心，无知无欲

咸涩的内海，肉红色的狂澜，破裂的水穗
波动不息。你宁静的生存泛起泡沫

在铁黑的礁石下嘶鸣呜咽，乞求空中的宽恕。

而回答是拒绝。"不。"你决意返回

荆棘插满路畔，无形的花粉

在你的双掌中繁荣。在你的穿越中

春天默默地蔫萎为尘。你的路是火的路，飞焰的路

以蜿蜒的姿势上升

直抵光的所在。

日尽薄暮，而呼啸的火焰仍在炉中欢唱不息

给我寂静的时分，源源不绝创造的哀愁

溢出我的手指，丝丝缕缕午后的丛林

投射深秋的阳光

给我以乡村铁匠铺粗糙的锻打，日尽薄暮

而呼啸的火焰仍在炉中欢唱不息

请淹没我，熔化我，赋予我锄头和犁的形式

我是大地赤裸龟裂的黄土培育起来的诗人

浑身布满节疤扭曲地立在风中

倾听一万匹天马骤奔而来的消息

我祈祷我悒郁的红果早日熟透

让泥土品尝深深蕴藏在它内部的致意

给我苍茫时刻的影像，一切都凸现在你我的言谈中

在我们轻轻相触的嘴唇间星星们孵化成人

叽叽喳喳躁动它们最初的生命

质朴的生命，没有闪烁的烛光作为装饰的生命

给我哑寂的喉咙，欲哭无泪的眼睛

给我一扇面对河岸美景的船舫的窗

无动于衷地看十三颗流星在水上划过的诗句

让宁静的夜之波轻吻我的感官，在梦中

也不要目睹年轻的死神

给我明媚的阳光，让我走入鲜花盛开的溪泉

清晨十万颗露珠挂着玫瑰红的太阳灯笼

让我梨花一般雪白的衣衫染上薰衣草的曙色

给我遗忘的本领，摆脱的本领，遮掩梦呓背后

淤黑的粗粝泥污、少女破裂的面孔

你纷飞的长发如丝丝导线

谁将为我轻唱挽歌？

夏日河水的号啕我已经听得太多！

我像一个八十岁驼背的聋老头

对片片白色的呜咽不闻不问

年轻的我唯愿在你的怀中安睡

倾听你乳房下心脏的跳动

我将离去而你长驻世上

在苍茫的暮色中凝望黑夜的一极

置身广大而向往另一个广大

生与死交替的时辰，渗透的时辰

你面临黑暗而阳光在你的身后远去

你纷飞的长发如丝丝导线，沟通

世界的两极，使夜与昼往返

柔软的乳房，小小的乳房，温暖的乳房

像被子一样贴紧我，像子宫一样孕育我，像阳光一样

围拢我，使我逃离外界的喧嚣，只应和于

你有节律的心跳，忘怀一切而如未经雕琢的大理石

使我生一般地死，来一般地去

以星星闪烁的暗淡来镌刻我在尘世的名字

红色的心脏，跳动的心脏，火焰的心脏

阳光一般在你周身流转的血液

请烘烤我、照耀我、泽被我、抚爱我

把我融化在你的光耀之中

以水的形式开始，以水的形式结束

这中间的坚冰是一段错误。

为我轻唱挽歌的人，我的心爱，我的延续

记着在白昼共同的时光里我们曾臂膀相连

广袤无人的原野里，默默地相守

没有眼泪，没有酸涩，只有白色的树脂

从粗糙的树皮里渗出

我往日的轻浮积淀成浑朴的鲁钝

虚幻白昼的光辉在镜子的丛林中
以不断增长的级数摇曳
在漫天遍地的光焰中我迷失了我自己
而我以为唯一永恒的太阳犹在
高悬空中，昭示神圣的真实
但破裂的玻璃湖泊布满大地
描绘的仅是梦中的虚影、阳光的错觉

这是回光返照的日落时分，我迷失了的碎片
闪闪发光，在不同的角落发出金属的呻吟
一抹殷红渗出了冷漠的表皮
在这时你吹起了你的长笛，悠悠意绪
把尘粉的我卷起，像旋风捡拾落叶
把我再次拼成一个整体，让我像呼吸空气般地
呼吸真实，独自一人面对无边黑夜

独自一人谛听旷野里消瘦的狼嗥

狂风怒号中小茅屋里农妇安抚小儿的拍打

悬崖边弯成弓形的树，攀缘在脚手架上的工人

领受沉寂的黑暗，领受无边无际的夜

羸弱的肩膀承担真实的重量

我往日敏感的轻浮积淀成浑朴的鲁钝

宛如真实本身，我博大的胸襟容怀一切

把光明播在人们的睡眠中，使他们得以从梦中生还

步入璀璨的白昼，阳光围拢在

我的身内身外，化身为火而不自觉

我明亮的泪水灿烂地滴入大地

渗入大地，为大地收容

这是珍贵的泪水、感激的泪水

宛如秋天金色的稻粒，来自泥土

而又复归于泥土

我是阳光的空气，我是吹过春天田野的微风

在你阴暗潮湿的宅第里出入

为你捎来绿色的生机和红色的狂想

哦，灼人的梦想，熊熊的火焰

多少人以自己为柴供你燃烧！

明媚的阳光，让它照耀大地

让它像风一样地吹进长久阴暗的角落

温暖久卧不起的病人

让它像回声一样地在夜空回荡，把光明

播在人们的睡眠之中

使他们从梦中生还，不至于沉醉地死去

慈和的父亲一般的阳光

大地在赤裸地接受你的馈赠

而人热泪盈眶地立在世上

倾听你们交媾时的心跳

我卓绝的孤傲一如天鹅，不断地向着辉煌的星空上升

当暮色渐蓝，我漫步在万物的光焰之中

摇曳的影像在我的身侧倾吐

大地秘密的肺腑。我忘记一切耻辱

人间兽类的爪痕在我心上荡然无存

我走在森林的烛光中，我恍惚的身影

在内心甜谧的风中飘摇

我的爱，我的尘世之美眸，（听着：）这并非你所能安享

这是神性的黄昏，光辉的终极

夕阳海面上漂浮的坚固城堡

我的爱，我义无反顾的弃辞你无法挽留

我走在流星的雨中，洗沐我

血污的尘垢，洗沐我人间挣扎的残喘

滴落我最后闪亮的眼泪

身着雪白的长袍，轻风鼓荡的长袍

不断地向着辉煌的星空上升

我卓绝的孤傲一如天鹅

在冰雪的夜晚哑寂地飞翔

我听见在光焰闪烁的上空，音乐的舞裙

回旋天国的轻纱

我执着的爱，我的累赘，我走在火的灌木丛中

越来越轻，摆脱粗浊气息的负累

我无缘活在荣华之中，红色鞭炮的喜庆

使我烦忧，使我犹如

铅做的蝴蝶

我越升越高，我燃烧着我全部的爱

加入那越来越近的白炽之火的行列

诗人谦卑地立在人世

诗人谦卑地立在人世

双手捧着过往行人的泪水

他澄清这咸涩的液体，用它浇灌

坚不可摧的海市蜃楼，使它开放

飘拂的灰尘年年岁岁，诗人长久地伫立路边

呜咽而又婉转啼鸣

幽深的瞳孔里印下一片片匆匆掠过的历史

他在蜿蜒欲飞的屋脊上仰望星际

他在梧桐树的秋露下啜饮抽泣

他在这里……又在那里

飞临上空把一切睥睨

飘飘的衣袂超乎任何短暂

面带微笑的诗人，垂手侍奉在苦难的

身侧，随时恭候着叱责、血泪和背叛

他恢宏的心灵宛如没有边际的天空

容纳尘埃、小丑、天空中弯曲的背影和回声

他青春的皱纹里埋藏着血与火的记忆

而他微笑，温婉地将它们叠进他的内心

宛如地层以化石的名义记载往事

开放自身的诗人，他全身都是窗口

都是眼睛、耳朵、触手和味蕾，接受声浪、气浪和

颜色的波澜。诗人的酝酿使时光永存

诗人谦卑地立在人世，承受人类不绝如缕的泪水

承受雨水和苦难的负重

把神圣的光传递给具有煤的品质的人们

让我面对你，把你叫作你的光

在不断延伸的漫漫长夜投在大地

神秘的黑暗的大地

现在我的翅翼给突如其来的彗星毁坏

来历不明的旋风把我包裹

宇宙万花筒一般地变幻不息永无枯竭的

众多容颜

我栖居在这里，在宁静安详的黄昏的呼吸中

谛听人世的鸟儿归巢的声音

怀抱天使的慈和，祝福他们的晚安

飞翔与歇息的秘密只有鸟儿们自己才能深晓

作为同类，我保持着它们的保持

把我置放在你水晶体掌纹的审视中

止愈我的疼痛，合拢我的伤口

使我哑寂的沉默更加哑寂，不泄露

半点熔浆的涌动

温柔的面孔，让我面对你，默默无声表达我的意愿

像繁星缀满了夜空

让我的灵魂重新飞起，振翅翱翔在

这沉寂时分的黑夜大地，母亲宽广无边的胴体

让我流动有如风，有如天空，有如星系的运行

把神圣的光传递给仰望的人们

传递给没有家的流浪的诗人，传递给

具有煤的品质的人们

让寒冷的午夜燃烧吧，熊熊璀璨的白昼

在火焰的欢笑与鼓掌声中，冉冉来临

我恍惚已久，置身于劳作的醇醪之中，起伏于手足的波动

这些落日，当我无意远望

嫣红的玻璃气息，熏醉五月的黄昏

我恍惚已久，置身于劳作的醇醪之中

起伏于手足的波动

与群鸟一起，在林间小路归家

神性的树木侧立于我的两侧

宽大的叶袖向我问安

我生来在此栖居，这些山冈与河流

在夕阳的光晕中互诉衷情

愉悦的言语氤氲暮霭

当我手把陈年好酒，斟给河水

与山冈对饮，来自心灵内部的光束

长久地照耀

投在我们酣睡的身上

这些诗性黄昏，火焰飘拂在山脉的波上

葱郁森林吮吸大地的乳汁

虎与豹在泉边聚饮

暮色阵阵盛大，而我渐趋暗淡

手执松明，照亮回家的路

我生来在此地栖居，与野蜂、猛象为邻

起卧简陋的茅庐之中

对人世间种种伟大的智慧不闻不问

松明插于树杈之上

火光打在墙壁、树叶之上

来自田园的酒，带着稻黍的芳香

在火光摇曳之中

熏倒我，使我瓦解有如泥土，有待明日一早

在冷冷的风中苏生

那永恒的女性在燃烧，高擎她自己成为美的火炬

秘密女性，穿越我禁锢之夜

这无边黑暗长廊。大理石记忆的地面

稀疏的影子浮现

道路起伏如梦，不断地延绵向

大地无梦的睡眠深处

赤裸的女性，空气翕动有如潮汐

在这沉寂之中往返，夜的脉搏与呼吸

漫漫无尽的长廊，密密相连的栅栏

那永恒的女性

在行进，在燃烧

高擎她自己成为美的火炬

她的穿越永无终极，在她前面

在她后面，她弥合于黑暗

神圣的女性，漫步午夜的大地

长发飘扬有如彗星的旗帜

炽热的光芒闪亮风中之风、火中之火

打在栅栏、柱子和花树之上

深入万物的内心，使它们

启动于烈焰之梦

以火的姿势飞腾向上：生长！

秘密女性，赤裸女性，燃烧女性

引导我，引导万物栖居的大地

穿越这黑暗长廊，漫无边际的沉睡

以火焰的玫瑰红的波动

汇入熹微的黎明：光、躁动、天空和海洋

宇宙的喜悦有如海的潮汐，层层迸现初生的面容

晚风的舞蹈，我置身于银河的中央

回望十万里飘摇的烛光

恰似光明的波涛。我轻扬的青春

一袭白色的长袍，在群星的吹拂中

飞卷。我额际早皱的忧郁

自我出走的阴影，悄然消隐

褪落秋日斑驳的华纱

女神！我梦中的恋人

我尘世中苦心经营的家园

在这火焰辉煌的摇曳中，灰白黯淡

女神！我灵魂的所系

曾为你引导，向着万物升腾的方向

脱离大地的胴体

而今天我已无须皈依

我呆立流溢的火光之中，手握虚无
倾听风中之风，预约
生命凸显的消息。宇宙的喜悦有如
海的潮汐，层层进现
初生的面容，又把往昔的水
收回海中。女神！我梦中的永生！
再次引导我，使我上升得更高、更好
在火光闪耀的大地上，我一无所需
无所凭依，化身而为明亮的烛光

那时你是手执石刀的主宰
——让我艺术地呈现在人世的花园

暮色沉降，你是我身边唯一的歌曲

白昼甜蜜的凝望已然低垂，秋风在一点一点地

雕琢我的眸子

我在你光耀的洞见中长大成人

我是你的倾其所有，被你离弃的心爱

如今黯淡的星空是你的背景

而回忆

回忆是否正照得我通体透明？

不为人知的千山万水在你我之间

画出了多少美丽的风景！

我将用梦来把你挽系，用梦来延续

我们相见而不相识的时刻：

在我是粗糙的石料的时刻。在我未成形的时刻

那时你是手执石刀的主宰

用忧郁的微笑接受我的质朴，打量我，测度我

让我艺术地呈现在人世的花园

分享对你的赞美，承受挑剔和眼泪

你与更深的黑夜同体，广被苍穹与大地

隐匿的我的亲爱，我叩问我袒露的心

回声层层叠叠，折叠于我的深眠

这是无梦的深眠

无醒的深眠，你始终缄默不语

始终不展露你的橙色光芒

远离旧地，却又达不到终点

爱人：请你倚紧我臂，应和我呼吸
卸载你浮生的疲惫
这暮色中方向不明的长途
远离旧地，却又达不到终点
晚风鼓荡，窗纱飞舞，街道上纸屑纷飞
人们的面孔伸缩变形
爱人：搂紧我，贴紧我胸膛
消融于我心脏的跳动
在这晦暗不明的车灯下，在这
布满厌倦的烟油气味的车厢中
梦见阳光、溪水和童年的庄园
而我的眼中闪过
缤纷的灯火、模糊不清的人影
跨越年岁、不断绵延的栏杆
疾飞又疾降的电线

相亲又相离的铁轨

爱人：我一无所有，身形单薄

伫立艰难时世，却为你唯一支撑

美好的世界在我心中栖居

我处身好人、强盗和扒手之间

神态高贵，维持着诗人的尊显

爱人：夜已深沉，车轮咔嗒，车身轻摇

我们将驶往何方？

站票永无终点，家园仍在梦中

窗外黑沉沉丰饶的大地

正喜悦地生长她将被出卖的作物

美丽的日子而今安在？有谁记得它的欢愉？

消失的这些良辰，一樽酒

一首诗，炉火旁亲人的面容

酡红的醉颜

冬日的雪远隔窗纸之外

在另一个迢遥世界纷纷扬扬

消失的这些良辰，在我年少的时光

竟然不曾在意！时隔多年

在我心中越镂越深

当我置身艰难时世

寒夜弥合我身内身外

想起消失的这些良辰，温暖的火光

在我的心中燃起

照亮我周围的黑暗，闪耀出一方

火焰形光明的领地

指明长夜里的路向

这些美丽的日子而今安在？
有谁记得它的欢愉？
冬夜微红的炉火，蜷缩在亲人怀中的
美梦，传自古代的先贤旧事
消失的这些良辰，当我穿行在
车水马龙、琳琅货物和陌生面孔之间
当我置身于白昼无边的黑夜，我害怕
被你抛弃，害怕你飘逝在
喧嚣的死寂之中
消失的这些良辰，花朵正要萎缩
我呼喊你，索要你
抖擞我行将垂落的生命之翼

我只看见了天空、摇晃和风

赋予我记忆，女人

你把我产在此生此世，此地此时

留下一种语言，让它

在摇篮边栖止，侧着头，呢喃喃

唱着催眠曲，陪伴我的童稚

女人，我在初次的梦中唤着你的名字

等我第一次睁开眼

（我想象得出你离去的神情：

在某一个黑夜

你与黑夜同色。与它同样辽阔无边

空荡荡并无实体）

你把我产在这样的一个背景里（就像

蝗虫把它们的卵注入树叶、草丛

或沙壤之中；就像杜鹃

把它们的无生命的子女给别种的鸟抚养）

你淌下幸福的鲜血，凄然一笑

转过身，消融在无边的夜色之中

女人，他们把你叫作上帝，然而我知道

你是那不负责任的女人

惯于以十月的怀胎来构思一个偶然

诞生一声预示着一个长梦的开端的啼哭

你把我孤零零抛在此处，女人

让我独自面对天空、摇晃、风，还有另外的人

目睹溅射的鲜血、污秽，和灼人的花朵

在一个能区分梦与醒的梦中

长大成人

1988 年—1991 年　广州

十九世纪

一

一个漆黑的黑人，穿着白衬衣走在黑夜里。
他的眼睛看见河流闪着星辰的微光。

一个白人扛着猎枪，他的皮肤冒出缕缕青烟，
在惊恐到来之前，他的影子爬上树枝环顾。

哎，一个瞬间被一幅油画拿下，从窗口望出去
野兽如今多么散漫，在某个国家森林公园。

二

一个皇帝夜半起来小便，看着天狼星，瑟瑟发抖。

远处的棒槌峰斜立，他想起床上的妃子，微觉温暖。

一个宫廷画师彻夜不眠，如何在绢纸上画出明暗？
如何画出凹凸不平的扁脸？他迷路了，忘记了告解。

如今他一生的技艺要浓缩在一幅画里完成：
三百个人物等着从他手下出生，但不是上帝的子民。

三

我们的船以蒸汽为动力，锅炉工的黄脸冒出油脂。
从每一个舷窗望出去，都是一幅绝妙的海岛图，像复眼。

这个国家像一个梦在沉睡，而我们绕着一个气泡在前进。
在望远镜里她远远地出现了，而她从来没有看见我们。

我知道，我是蚀刻师，坐在波涛上画着我的风景画：
一艘炮舰，挂满上世纪的帆，但一百个眼睛里都伸出了大炮。

四

一个秃了顶的老哲学家，通过螺旋形的梯子登上了阳台。
他端起伽利略镜片，看见月球的表面正在下雨，溅起皇冠。

站在山巅他发现自己多么爱人类，并且想着向火星移民。
阵阵松风怒号，天使退潮了，他的自我意识是宇宙的中心。

他被误认作一个诗人，在漩涡状的星空下，发出尖叫。
这尖叫被认为很尖锐，星星像钉子一样颤抖着，穿透了画布。

五

一个穿长靴的牧师沾满泥浆，边走边思考三位如何一体。
一张人皮摊开飘成旗帜，旗杆上的人头说着单音节的部落语。

一群淘金者拖着猪尾巴蹲在河边。黄色雾就这样弥漫开了吗？
低戴卷帽的牛仔夹紧马肚，空空的山谷里，响起酷酷的枪声。

窗景如画，看得见车头的浓烟。而站在山顶的写生者看见，一列火车与河水平行，出没于群山。太阳西下，小镇伸出巴掌。

六

那是令我伤心恸绝的时刻，我想阻止它的到来，但是无能为力。
我是空白的幽灵，而它是必然的火车，它的臂膀是钢和铁。

我跟不上故乡的语言了，虽然我学会了八门外语。
我像约拿那样推托了上帝托付给我的使命，虽然我为皇
　上尽了职。

我的耐心失去了它的目的，而成了习惯，成了一个楷模。
我戴着长翎帽，踮在墓碑上，看着我来不及画下的大火
　烧毁园林。

七

一个诗人好端端地被疯狂攫取，他在塔楼上写下诗篇，
　无人能懂。

一个古典学家看完希腊悲剧后也疯掉了，日食刺瞎了他的眼睛。

一个小说家被闪电击中，舌头状的虚无把他舔走了。
一群年轻的诗人从一个海走到另一个海，被波涛卷走，消失了。

我先画下贝壳的褶皱和光滑的女神，一只手捂着私处。
我画出她茫然空洞的眼神，跟文艺复兴的女神相似，但
　　趋于抽象。

八

一个金石学家敲击铜鼎，辨音和它的颜色，和它内面的古文。
他小小的园林狭长而柔弱，有春光、女儿和纤尘。

一个儒生说话急切，像着了火，他刚刚从南方海边来。
你为什么这么着急？我的笔锋稍作停顿，又缓缓地拖过宣纸。

如何画出黄山瞬息万变的云影、山色和阴暗？这可是一个难题。
在山涧边行走的小人儿和驴，仰头望天，都要用寥寥两笔挥就。

九

到村子里敲打石头的人陆续走了，他们说大地由水而不
　　是火形成。
他们说这里以前是海，贝壳是大洪水留下的见证。

那么山是怎么来的呢？又有人说是火山喷出的岩浆。多可笑啊！
这些违背圣经的人！他们还不如这里挖煤炭的人虔诚。

肖像画家来这里串门，看有没有人愿意留影。一笔一笔
　　画得工整。
一个小孩和一个女工被他画下了：背景是烟囱和纺织厂。

十

海轮辞别了欧洲的迫害。我来到更弱的弱者当中，鱼得到了水。
人们都望着我，不，望着我摆弄的照相机：他们的灵魂喜
　　欢被惊飞。

还有更新鲜的刺激他们更喜欢，哦，电影令他们害怕、

好奇、哭泣！

当他们的国土被炮火炸成焦土，他们可以跑进这一块飞地。

我知道时间的把戏：被拍的和看照的，都将和摄影师一
样退居幕后。

而照片将留下来，像蝉蜕和蝴蝶标本，等着寂寞的历史学抚摸。

2008 年 9 月 22 日

十八世纪

一

一个轻盈的少女正在秋千上荡着，她的裙子被看不见的
　风吹开了
露出一抹粉红。坐在草地上的青年男子仰望着，微张着嘴巴
双手撑地，从侧面看不到他眼神中的迷离。

近处，还有一对正在偎依，用鸽子嘴给对方投喂面包。
坡后的两个头发蓬乱，衣衫歪斜，脸色绯红，手不知放
　在哪儿好。
树林蓊郁，一道午后的光线照射进来，传来潺潺的流水声。

从我的笔下依次出现的这些轻浮的年轻人，令我欢喜。
为什么要指责他们？我要用他们来代替我松松垮垮的肉体。
我是听到了一些微词，但是，艺术真的能腐蚀一个王朝吗？

二

她着浅绿的丝绸，走过宫殿的过道。香粉颗粒里飘动着不安。
她走过时，中国屏风上的少年正踮着脚尖趴在墙上跟少女谈话。
大肚瓷瓶上的柳丝下，一个牧鹅少年正坐着吹笛，异国音调。

唉，事情急迫，如今的心情已跟三年前截然不同。
她走起路来如一阵风，阴影倒拂过穹顶上明晃晃的阿拉伯花纹。
希腊壁画上，奥德修斯托着的一只碗里，阿波罗的眼珠，
　有了裂痕。

三

人生真是奇异，上帝更加如此。他的目光是不是忘了看顾此地？
他们奇怪的画风令我惊奇：山一丈，树一尺，马一寸，
　人是一毫毛。
我试图纠正他们，而他们骄傲于自己的比例。

不错，陪皇上在园林散步时，画面一幅一幅地迎面走来，

202

快慢相间。

这也更符合我们的天性。但是令我恼火的是

他们把大人画得太大，只留下一半的篇幅给十个小人和三棵树。

对光的热爱使他们失去了真实感。我如何让他们知道阴

影的重要性？

早上七点，我从东华门进宫，到夏如火炉、冬如冰窖的

工作室画画。

坐在椅子上的妃子放肆地盯着我。我低垂我的目光，回

到画布上。

四

一滴雨落在天使的翼上，顺着细腻的纹路快慢滚动，

到翼尖后，它停止了运动，悬挂着，像一个凸透镜

映照着广场上急驰的马车，火枪手列队巡逻，手套整齐而煞白。

天使看到过多少情节啊，但是他一句话也不说，够坚忍。

自从我被雕琢成形，以大力士的身份托举着整个墙面，

我就看不惯屠杀、宴乐和口舌鼓动之徒，只是我腾不出手来。

五

您问我，他们如此早熟而智慧，为什么却没有在科学和
　　形而上学上
胜出我们？尊敬的哲学家啊，这个问题也折磨了我很久。
我想到许多原因：科举制把人们引向了古籍和官阶，对
　　于创造者

也毫无奖励，甚至把他们投进监狱。据我所知，钦天监
　　的工作人员
常常食不果腹，因此他们把前朝神父们制作的天文仪
扔在仓库里结蛛网也就不奇怪。我要说，除了先皇表示
　　了个人兴趣外，

整个社会没有一丁点科学精神。我给您寄上这幅关于茶馆的画
您可以看到人们在听戏并且摇头晃脑（茶点的滋味是世
　　上一流的），
并将它与皇家科学院成员在咖啡馆激辩的情景进行对比。

六

在乘海轮去英国之前，他滞留在波士顿。战争使他急遽
　　地成熟了。
他抛弃了美丽空洞的阿卡迪亚背景（那些小山丘及其河
　　流多么可笑啊！）
而出现了衣衫褴褛的民兵，他们的破长靴正陷在泥泞里
　　拔不出来。

儿童的脸上也终于出现了病容，滑肩的女人终于不再浑圆。
但是出于崇高的目的，他还是篡改了透视法：他以仰视的角度
画出骑在马上挎着腰刀的元帅，而以俯视对待递降书者。

七

薄雪后的群山多么空蒙啊，而这就是水墨山水画存在的原因。
一道山一道梁，一笔一笔地划出了远近，而且只有黑白。
是的，黑白使人宁静、修远，是自然本来的颜色。

而那些愚蠢的院体画工匠，把一切都弄得喧嚷而嘈杂，
大红大绿配上吹鼓手，大队人马把万树园的宴饮图画得像赶集。
那几个老迈的西洋画师，虽然我尊敬，对艺术却不得要领。

皇上对于炫耀的喜爱越来越固执了。对于一个老皇帝能
　　怎么办呢？
他渴望名垂青史,渴望每一个小人物都随他一道留在铜版画上。
他命令前来庆寿的英国画师，把他们正单膝跪下的使节
　　画得极其渺小。

八

我早该料到这尊雕像看到了我看不到的事件，虽然它是
　　我的作品。
确实是我的作品吗？从质料因来说,是。从形式因来说,不是。
那个死去多年的哲学家赋予了它灵和肉,而我不过是一个石匠。

他的皮肉耷拉着，下巴尖刻薄如老妇人，脸上现出一道
　　诡秘的嘲讽。

一只眼是天真的，一只眼是先知的：他早已听到了我此
  刻听见的
街上传来的枪炮声和呐喊声，他早已看到了人头落地，
  感受过了恐怖。

九

多年以前，修会像花束一样被猛然解散。我就是那散落的一枝。
不好的消息接踵而来：老弟兄一个一个死了，别指望会
  有新人补充。
福音要像一条小河干涸在沙漠里了吗？

教廷的愤怒通过别的修会缓慢传来，像墨水滴到了宣纸
  边，漫漶不清。
对此，皇上只是轻蔑地封以一页圣旨。这还不是最糟糕的事。
整个欧洲闹翻了天，祖国日新月异，而我被抛弃在它的
  某一个化石层。

他们要把上帝从欧洲赶走吗？可恶的新教徒啊！可恶的
　　无神论啊！

可恶的怀疑主义者和自然神论啊！这一切新鲜玩意只会
　　把心灵的秩序扰乱。

就像他们新的画风趋向于世俗的崇高，要把瞬间的力感
　　捉住，提高成永恒。

十

1937 年，一个画家乘坐"马赛号"回到中国后，喜欢上
　　明清人物画。

他在夜里就着煤油灯看传教士回忆录，看中西交通史，
　　枪声零落。

他的心里暗暗着急，他以为他触摸到了时间的脉搏，但
　　他的笔触细弱。

他试图画出一幅画中画，每幅画里的人物都自足地生活
　　在他们的时代。

哦,他们悠游于自己的局限,就像明清瓷器上的那些小人儿,放肆地享受着自己的瞬间,而不管下一刻会怎么样,局外人会怎么看。

2008 年 9 月 28 日

十七世纪

一

当他走进山巅上的教堂，他走进了一只复眼。
一幅幅画扑面而来，带着海风的咸味和天使的呼喊。

他眯眼观看，波罗的海炮筒冒烟，正指向海岬上的营寨。
他辨认，日本海巨浪的空隙正露出长刀和旗帜。

靠东边的一幅，两支军队正在山海关厮杀，另一支静立不动。
旁边的一幅，一个皇帝哭泣着杀死了女儿，正奔向一棵槐树。

他游目，红皮肤的印度人正在宫中地毯上辩论诸教的和睦，
而在凡尔赛宫，骑马人正在密语，恐怖像涟漪一圈一圈地扩散。

他突然醒悟到，他正站在一座异端教堂里：他观看，

就是上帝在观看。那些画面正同时发生，就在活生生的现在。

二

我再见到她时，她忧郁的眼神业已养成，像春天河边柳
　　树扬起的烟色。
当我拿起笔，她嘴角的纹路坚毅，像命运走过的车辙。

我愿意只画出她的背影略带伛偻，不像希腊的少女那般
　　扭动有力。
我愿意只画出她弯腰拾扇子的一刻，像麦地里的路得。

但我还是要在她前面放上一面镜子，映得她脸色苍白，
　　嘴唇红润。
在镜子的一角，我要画上一个男人、一个儿子、三个女儿、
　　半个仆人。

我原想把自己放在画里：半秃了顶，拿着笔站在画板前，
　　望着这一家子。

但为了我眼里的哀愁，我只画了一张半敞着的门。一抹
　　斜阳射进。

三

当我拿起望远镜，我看到了卑微的人不应当看到的：太
　　阳上的黑子。
我看到了亚里士多德衰微的视力没有看到的，月上晶莹
　　的世界融化了。

当月亮上沐着强光的山体和环形的阴影呈现在我眼前时，
我愿意上面有河流和人烟，马车卷起尘埃。

上帝啊，你用数字、尺度和重量造了万有。异教徒毕达
　　哥拉斯领略过你的美。
哥白尼曾经竖起耳朵听到过星星的合奏。还需要缪斯的竖琴吗？

我看到了本不该看到的你的手的拂动。这是否一种冒犯？
你使木星围绕太阳旋转，又使木卫围绕木星旋转，阴晴圆缺。

那上面有雨吗？有人吗？有像我一样的头脑在思考吗？
有裁判所吗？有望远镜对准地球像对准海平面上出现的桅杆吗？

四

我们见过这个怪人，他画的猫头鹰都一只眼睁着一只眼闭着。
他用秃了毛的笔随便抹两下，鸟爪下就出现了一根枯枝，
　　一节竹子。

他也坐在戏台前吗？旁边的书生是谁？青衣正碎步演绎
　　《桃花扇》。
我有做梦的感觉，透过明瑟楼前的廊柱，仿佛回到了从
　　前：一幅卷轴画。

是的，我正在做梦，我的前生梦到了今世，而且这不是
　　一个人的感觉。
所有人都痴狂，仿佛风还从南湖上吹来，扬州的歌伎奏
　　箫声悠扬。

他如何画出这三生？这泪水？这前朝遗恨？这亡国人散
  乱的衣冠？
他如何面对江水、楼台、乱石，以及天上那永恒的、幽
  冷的独眼？

五

亲爱的神父，此刻我正在给您写信，窗外银杏叶落，露
  出远山的青黛。
想到您收到信时也许已到了夏天，因此，请您体会秋高
  气爽时一个人的感觉。

我们疯狂的敌人终于被挫败了，我们的人准时地预言了日食，
而三百年前传来的回历早已破败不堪，那些异教徒如今
  正面临失业的危险。

新皇上对科学有着浓厚的好奇心，如今他正在跟着我们
  学习数学和天文学。
对于我们伟大的宗教他也了解得十分深入，有他写的诗歌为证。

我们指望在罗马和罗斯发生过的事，在不久的将来也会
　　发生在皇帝身上：
一想到一亿个灵魂就要拥进天国的大门，我就浑身发抖，
　　彻夜无眠。

皇上交给我一个任务：通过古老的典籍，证明中国人早
　　已领悟到我们的真理。
请您告诉那些诽谤者，不要让内争耽误了大业，对不了
　　解的事最好闭嘴。

六

当卷轴被慢慢地打开，一个新颖的世界徐徐地出现在我们面前：
狮子、骆驼和犀牛在亚非利加出没，而鲨鱼、鲸鱼在日
　　本海游弋。

小帆船鼓着气正滑行在南亚美利加的海湾里：红皮肤的
　　印第安人，
叼着烟叶拽着马尾巴，好像正在冒烟的上帝的形象（神

父没有告诉我

他们过得怎样，他只隐晦地说，西班牙人的枪支不耐雨水）
而他的祖国意大利像一只脚伸进了海里，我想象得到
　　那蔚蓝的天色。

当一艘海船在海平线隐约地闪现时，确实更像在绕着一
　　只球面运动。
天不再圆了，地不再方了，我看到太阳正围着地球旋转，
　　无形的绳拉着它。

七

他在骆驼上远望，嗅到了烤肉的香味。他的喉结蠕动，
　　他的教条松弛。
他不用趴在地上谛听就已知道了鞍马的行迹，轻绡的蜃
　　景如今变成了实体。

他不必回想路经的废墟里的勿忘我（那令他想起少年时

216

邻家的美人），

他不必回想苏非手把手教过的舞蹈，像细密画上小小的
　　人儿踮起脚尖。

过了六十年回到故乡，那是一个什么滋味？被官方语言
　　覆盖了的乡音

被异族血统覆盖了的面容，他要从儿童的眉眼间细细辨认。

河流在挪动，小城在伸展，童年温馨的小屋麦浪翻滚（你
　　在油灯下读过书吗？）

他的姓氏无人记起，仿佛从来不曾存在过他这个人。

是啊，他是一个外乡人，还不如头顶着水罐回屋的妇女，
　　坦然而优雅；

一个异邦的际遇，一个陌生的信仰，令他着了火，令他
　　没有了家。

八

她在市井的烟尘中出落，她身上晃动着的波光，令我的
　世界惘然。
我画出她斜溜的肩膀（上面有绒毛的漩涡），半只隐约
　透露消息的乳房。

我曾经啜饮生活的琼浆，而今才醒悟世界是一场梦，一
　切皆荒诞。
她不曾意识到花儿的芳菲多么短暂，而我们的相遇是多么偶然。

我握着她的手，在空白处题诗一首，她颈畔的体香闻来
　确实香艳：
一幅格调不高的美人画，迹近春宫，曾经那么调高我们的情致。

如今留下的只有一幅画，残阳一抹照在墙上，她仍在画
　中撩裙行走。
我，一个衰老头，四肢如枯藤，想跨步回到那时候，但
　磕磕绊绊，无从下脚。

九

夜里，火枪正在走火，瘟疫正在码死人尸体，成排被缚
　　了双手的叛军
面对行刑队面孔惨白（惊慌的瞳孔映射出篝火边的围观者）。

他怀疑整个世界的存在，来自一个恶魔：但他不能忘
　　记自己的安危。
他怀疑事件的因果，一切是心像：但他不能怀疑几何。

在这纷乱的世纪，在暴风雨中的池塘僻静的一角，一颗
　　苹果落地，
使一颗脑袋多么自然地迸发了万有引力：苹果为什么不
　　向月球飞去？

上帝深藏不露的秘密，如今在他的手中被逐渐算出，绘制成图。
宇宙古老的音乐不复听到，三位一体被他减成了"一"。

再用三棱镜将挪亚跪拜过的彩虹分解，世界渐次地失了魅：
他热爱的上帝退位，宇宙裸露，像一具没有灵魂的身体。

十

一具身体将蜕变成一具尸体，一具尸体再蜕变成一具机器：
它有自己的规矩，直到分解成最小的粒子。我找不到灵魂。

我找不到本性的目的，我也找不到超性的目的（宽恕我吧！）
在海涛中翻滚，习惯成了我的指南针（连祷告也是。）

在这个迷信和巫术盛行的国度，只有天子是明智的：
他禁止普通人学天文学，禁止普通人窥探天的秘密。

这样，他们保留了对于世界的惊奇。而我，一个吃了禁
　　果的修士，
不得不为自己的知识痛苦而羞愧，像发现自己光着身子的亚当。

2009 年 4 月 28 日—5 月 22 日

北京—香港—深圳

二十世纪

一

十三岁时，我已画得和提香一样好。
画框里，美人儿完美地在睡觉。
但我更愿她醒来张开嘴而且张开腿
让幼稚童彩笔颤不停，信手涂抹。

一个女人的二十条长腿，持续不断地
拥下螺旋形的楼梯，而她的脸的正面
长着后脑勺和耳朵。我还喜欢她的乳房
不那么古板，把多个窥视集中在一个平面。

你不习惯？那是因为你太视而不见。
我不过告诉你事情的真相。
柏格森和爱因斯坦用晦涩的语言说的

我让你亲眼看见。我让胡塞尔看见。

西班牙还剩下什么？阳光和炸弹。
阴沉的佛朗哥穿着长筒靴在大教堂祷告。
在巴黎，我做梦很少像一个米罗。
我得承认，达利暗示了我阴暗的一部分。

二

硫黄天空。爆炸鸽子。翼尖与楼阁。
半只眼珠。军靴上的血滴干涸被雨水冲洗。
子弹在枪响之前的冲击波如何突破耳膜。
那形象如何捕捉。一群小学生穿过刺棘花上学堂。

我的回忆的旋转木马。我的悄声细语的奥尔迦。
教堂的尖顶闪着银光在轰炸机的庇护之下。
当你的长腿晃动迈开跨过倾斜的地平线在夜晚
曳光弹划出明亮的轨迹像基督驾着火焰复临。

我的统一分裂了。我的综合崩溃了。河流啜泣吧！
画面潮湿像四月的豆芽攀过框架，叶子上长满了人脸。
时针曲折，空间蜿蜒到隧道的看不见的洞口
一缕光在过滤并且澄清。就这样。你看。你跪下。

三

我喜欢皮包骨的美人儿，抱起来比鸽子还轻。
我的房子但愿也这样，去掉了多余的成分。
钢筋对应于她们的骨架，玻璃窗对应于她们的眼睛。
白云朵朵多么像召唤，风托着它们追赶羊群。

人头像葵花被大面积收割。但我知道他们会回来。
他们应当在温室里望着窗外的太阳遐想。
他们应当点着烟斗读报纸，桌子上摆一杯咖啡。
但他们在战壕里唱儿歌，和同一教派的敌人共庆圣诞。

这一切是为了什么？我看得透意识形态的花边
但削不掉极简主义的原则。一个建筑师有责任为将来的人口繁荣做准备。美是什么？
诗又是什么？是去掉花里胡哨之后的赤裸裸。

阴沉的德国人为劳动人民建造的包豪斯火柴盒
在十一月的北风中怎么也点不着火。
从我铅笔下跳跃出来的简洁线条和简洁材料
必将覆盖美洲，占领欧洲，向远东进发。

四

她在长廊上走动，景物在缓慢地转动，只有廊尽处
的一棵芭蕉树一动不动。在暗窗边的碑铭上
古文字正在用软语朗诵旧时代的落寞。
拐过荫翳的墙角，天空骤然开阔，扑进眼一泓水湖。

是啊，城春，草木深，山河在，国已破。
园子很久没有修葺，杂草和荒木已侵占了庭院。
乖戾的画师养了两头幼虎，在草丛间出没。
夜半月在半山亭升起来，传出聊斋里的人语。

我的画中人瘦削如晚清，有着肺结核病人的美艳。
唐朝丰腴的飞天们，在石壁和穹顶上，离我远去。
唉，一个人被抛在衰世，只能用长长的围墙来保守。
这一片天荒芜，却隔开了喧哗与血污。

五

帝国雄壮如猛虎，在正午的太阳下发出怒吼。
阴影偏移，鹰眼眯缝，大地的枯草和盐粒微微眨动。
铁翼飞过巍然屹立的塔尖，麻雀颤抖着跌落。
十三只蚂蚁用复眼目睹，百万雄师在广场的踏过。

震动吧，震动吧，我用镜头捕捉这迅逝的危机美。
文明处于危亡之中。而我们要拯救历史。
那个振臂高呼的人是又一个摩西吗？红海何在？
也许他不是。但我宁愿用幻觉来克服虚无主义。

多么可爱而可笑啊，我用胶卷记录下这浩大！
我们神学的反异教虔诚、我们哲学的历史目的论

我们音乐对于崇高人格的塑造，

如今结晶成了一个人，一个领袖，他要带领我们。

腐朽的资本主义将我们卷进了混乱的当代史。

身临其境，看不到出路，如何能让我不激动？

我押上了我的赌注，奉献上我的艺术。

它的激情终将烟消云散，但它的光影将来到你面前。

六

乌云翻滚，轰炸机的反光尖锐。蜜蜂低飞而闪避。

白色的战马腾起前腿，发出嘶鸣但无人去听。

这是大草原美丽的夏天，适合于打仗和游戏，

双方的射手躺卧、仰卧或俯卧，或拳着腿

如在妈妈子宫安睡。硝烟袅袅为草原平添了生气，

像炊烟在召唤牧羊人回家。

一个士兵在死去之前，对天上落下的一连串

炸弹视而不见，只看见了他的未婚妻和母亲

倚在阳光温煦照耀的门口，听小侄子读他寄去的信，
断断续续地（有一些字他还不认识）。
在战时，这些喷火的机器和逐渐冷却下去的人体
得到了文艺复兴式的精确描绘。

七

七年前，当狗木花开，我 ① 来到华盛顿国家美术馆。
远古岩画粗糙，中世纪拘谨的圣徒敬拜。
透过逐渐加强的明亮和画中脸，我预感
文艺复兴就在前面。我停步于一个时代的耐看。

木匠之子耶稣来到迦利湖边，看见打鱼船。
他喊，而约翰和安德鲁扭过头来，鱼儿在网中蹦跳。
令我惊讶的不是隐喻和神态，而是鱼鳞在空中

————————

　　① 这一节诗里的"我"指作者本人。狗木，Dogwood。属山茱萸科，分两种，
一为 Tatarian Dogwood（红瑞木），一为 Giant Dogwood（灯台树）。我不知
华盛顿的为哪种，但其花十分惹眼，而且大，春天时满目皆是，跟我在湖南、
河南等地看到的泡桐花一样夺目。

抛出耀眼的金光：穿过七百年来到我面前。①

用十分钟掠过现代主义的条形码、拼图和线团，
再用七年忘记象征、宗教和观念，只剩下两条鱼
弹出黑沉沉水面，占夺了我的视线。伟大的艺术：
它的活生生只能当面见，印刷术捉到的不过是呆板。

2010 年 2 月 25 日　删改

---

① 我看到的这幅画可能是《使徒彼得与安德鲁蒙召》（The Calling
of the Apostles Peter and Andrew），由意大利画家杜乔（Duccio di
Buoninsegna）画于 1308—1311 年。奇怪的是，我从美国国家美术馆的网页上
查到该画后，却发现其鱼鳞不仅没有光，还模糊昏暗，跟我直面原画的感觉完
全不同。这可能是由于拍照时不准用闪光灯造成的。这次观画使我第一次意识
到通过印刷看画与直接看原画完全是两码事。也是它在七年之后促使我写下了
这些"世纪诗"。

祝福诗人

哦　明媚的祖国　妇女的良邦

晶莹透彻的大海　波浪翻滚

天才们代代涌现

水声响彻的夜　清冽的梦灌溉

着家园

诗人们在昙花里盛开

他们辉煌的面容照亮空旷

目光所及之处　世界花萼般绽露

星星在空中醉舞　植物和禽鸟

在走马灯的旋转里　盛大地合唱

喜悦诗人的诞生

在这弹冠之夜　我要手持缪斯

的请帖

延请他们到天国的花园

他们的一生就是火焰的一生

向往高处

怀想人类　哀悼处女的牺牲

他们注定了要赤足巡视在美的

河岸上

长发缕缕如江风飞扬

他们尽献上颗颗赤子之心　颗颗宝石

像神的眼　像黎明天边的灯盏

照亮祖国云朵底下　阵阵涌动

的灰暗

啊　皎洁的智慧　咸涩的谦卑

你们韭菜般自生自灭的命运

一茬接一茬

蔓延在通往天国的斜坡上

诗人的祖国离它不远

只需走过这诗歌的天路

我要静立路边　俯首屈膝

恭候你们的来临

像一棵杧果树

请你们摘下我的心愿之果

填充你们物质的饥饿

哦　骨骼清脆的诗人们

连飞带跑　直奔向高空的所在

你们灵感般短暂的青春

就是闪耀　受苦　屈辱不堪

我多么想看到　在我血统般高贵的祖国

在月桂树围成的庭院里

在醇如红葡萄酒的月色中

我祖国的诗人们　相亲相爱

酩酊大醉

——四海一心的亲兄弟!

啊　我愿此情此景能够长久

天才们相互怜惜搀扶着彼此

的柔弱之躯

他们光芒的一生

豆蔻花般美丽易落

落满了天道沿途

啊　有着彗星头发的诗人们

我们欣逢在祖国的樱桃时节

我们欢聚在野菊万里的草场上

诸神的歌声隐隐可闻　准备着

迎接我们

纯粹的大门已向我们敞开

哦　你们要来到我身边　花开蒂落

让我们一起步上斜坡　步入那理想的花园